君と共に空へ飛ぶ

菅野茂

林百貨店

飛虎将軍廟

台南警察署
（現在は台南市美術館1館）

台南州庁
（現在は台湾文学館）

日本勧業銀行台南支店
（現在は土地銀行台南支店）

台湾歩兵第二連隊本部
（現在は成功大学）

台南高等工業学校
（現在は台南高工）

台南地方法院

台南一中
（現在は台南二中）

台南武徳殿

台南合同庁舎消防隊

（現在は消防史料館）

台南駅

（現在は台南火車站）

花蓮港陸軍兵事部
（現在は松園別館）

末廣国民学校
（現在は進学国民小学）

塩水八角楼

台北北警察署
（現在は台湾新文化運動記念館）

登場人物

杉浦茂峰　飛曹長　20歳　茨城県水戸市出身。少年飛行兵三人の小隊長。
和田京子（蔡静美）　22歳　林百貨店エレベーターガール。
金城和夫　陸軍少尉　32歳　湾生。両親は沖縄県出身。林百貨店屋上の対空重機関銃隊分隊長。
李康夫　課長　43歳　林百貨店課長。和田京子の上司。
王歌子　教師　40歳　末廣国民学校担任教師。李康夫の妻。
杉浦恭子　22歳　茂峰の姉。
和田順徳（蔡順徳）　60歳　京子の父。台南駅の鉄道工員。
和田亮二（蔡学亮）　20歳　京子の弟。塩水糖業旅客鉄道新営駅に勤務。
和田義夫（蔡義夫）　28歳　京子の兄。龍山国民学校の担任教師。
廣田建隆（黄建隆）　30歳　太平国民学校担任教師。

有馬隼人　特高　40歳　台北州庁警察部特別高等警察警部（特高）。
小林善晴　分隊長　37歳　台南航空隊分隊長。海軍大尉。
岡村正武　二飛曹　17歳　杉浦小隊少年飛行兵。長野県出身。
青木信輔　二飛曹　17歳　杉浦小隊少年飛行兵。千葉県出身。
高平山　二飛曹　17歳　杉浦小隊少年飛行兵。高砂族。台南空唯一の台湾人飛行兵。
鬼里太郎　飛曹長　28歳　通称、鬼太郎。歴戦の撃墜王。少年飛行兵二人の小隊長。
高橋二郎　二飛曹　17歳　鬼里小隊少年飛行兵。
清水邦夫　二飛曹　17歳　鬼里小隊少年飛行兵。
葉盛吉　練習生　18歳　台南空飛行予科練習生。志願して飛行練習生となる。
郭秋燕　50歳　日升大飯店の女将。日本人観光客の飛虎将軍廟案内人。
伊藤芽依　21歳　東京の大学生。卒業論文で飛虎将軍を調査研究する。
中野良子　22歳　伊藤芽依の友人、一緒に台南旅行に行く。

目次

第1章　水戸から台南　17
第2章　日本海軍　台南航空隊　29
第3章　杉浦茂峰小隊長　37
第4章　恋の予感、林百貨店　51
第5章　一視同仁　同化政策　59
第6章　熱と光の子供たち　69
第7章　海軍精神注入棒　83
第8章　末廣社に咲く九重葛《ブーゲンビリア》　103

第9章　泣く子も黙る特別高等警察　113
第10章　大稲埕《だいとうてい》に響く銃声　127
第11章　私も空へ連れてって　139
第12章　少年飛行兵、友情と絆　151
第13章　悲恋、台南沖空中戦　171
第14章　涙、姉からの手紙　207
第15章　飛虎将軍廟　221
ある一七歳の台湾人特攻隊員遺書　233
後記　238

装丁・本文デザイン：加藤寛之

第1章
水戸から台南

伊藤芽衣《めい》は、東京都内の文系大学で現代史を専攻する四年生。大学敷地内の女子学生寮に入居している。大学で特に用事のない週末には、茨城県水戸市は水戸駅近くの実家に戻り、家業の生花店を手伝っている。土日や祭日には催事、祝賀会や開店祝いが多く、会場などの店先に飾る生花と贈る花の準備や配達で忙しい。すでに来春卒業後の就職先は、水戸市内の金融機関に内定し、今は来年一月中に提出する卒業論文のテーマを模索中だ。そんな九月末の週末、いつものように水戸駅構内を足早に実家に向かっていると、壁に貼ってある一枚のポスターが目に入った。

〈神様になった海軍パイロット－杉浦茂峰－飛虎将軍廟展、二〇一九年十月五日～二〇二〇年三月三十日まで〉

会場は筑波海軍航空隊記念館一階とある。芽依はバッグからスマホを取り出すと、そのポスターを写し保存した。会場は茨城県内の笠間市で水戸からは近い。海軍パイロット、杉浦茂峰《しげみね》は水戸市出身で、台湾で神となった飛行兵らしい。十年前に亡くなった芽依の祖父は、霞ケ浦海軍航空隊予科練習生卒であり、少年飛行兵で終戦を迎えたと聞いていた。

祖父と同じ霞ケ浦海軍航空隊であった杉浦飛行兵に興味を持った。そして芽依は開催初日に会場に行くことにした。

会場の筑波海軍航空隊記念館は、全国でも最大規模で現存する戦争記念館で、旧司令部庁舎や地下戦闘指揮所などが見学できる。展示館では当時の軍隊内生活用具に軍関係の資料を見た。ポスターの飛虎《ひこ》将軍廟展は、一階の企画展示室で開催されていた。台湾台南市の将軍廟に祀られている、日本海軍飛行兵杉浦茂峰飛曹長の生涯や、飛虎将軍廟の建築過程、台湾と交流の歩みを伝えるパネル展示が多数あった。

この飛行兵杉浦茂峰の生家は水戸市五軒町《ごけんちょう》にある。霞ヶ浦海軍航空隊乙種飛行予科練習生から、初の赴任先がこの筑波海軍航空隊だった。それから、台湾南部の台南海軍航空隊に配属される。

台南海軍航空隊には一九四四年四月に赴任し、十月十二日の台湾沖航空戦で米軍戦闘機との空中戦により、二十歳の若さで戦死している。台湾にはたった半年間だけの滞在であるのに、そこで神となり祀られそこには多くの信者がいるようだ。

ここの展示パネルでは、飛虎将軍廟の外観から内部の展示物まで紹介され、それによると結構豪華な廟に祀られている。

一九四四年、十月十二日に発生した台湾沖航空戦で、杉浦茂峰飛曹長が操縦する零戦は、激しい空中戦を展開したが、被弾し密集市街地への墜落を回避して、畑の中に墜落炎上し戦死している。自分の生命を犠牲にして住民を守った。その行為に多くの信者を集め、郷土の総鎮守神として大切に祀られているようだ。

台湾で有名な神と言えば、媽祖《まそ》や関帝が知られ芽依も聞いたことはある。東京都港区赤坂に建つ乃木神社は、明治期の陸軍大将乃木希典を祀っている。日露戦争を勝利に導いた武勲は、今でも多くの人々から深く敬愛され、第三代台湾総督にも就任していてその肩書《かたがき》は凄《すさ》まじい。台湾で飛虎将軍となった杉浦茂峰は、零戦飛行兵海軍飛曹長で神となっている。日本と台湾とでは神となる基準が異なっているようだ。先ず、芽依はこれに疑問を持ち、どうして台湾で神になったのかに興味を持った。芽依は大学での専攻が現代史で、それは人間研究学である。自分の視点から日本と台湾とに角度を変えて、台湾で神となった日本兵、杉浦茂峰飛曹長の探索的研究をし、卒業論文にまとめてみたいと考え始めた。

芽依の性格は行動派で思った瞬間すぐ行動に移すタイプだ。翌日には杉浦飛行兵の痕跡として残る、水戸市内の生家跡地を訪ねてみた。水戸駅前の実家から五軒町の生家跡地までは、歩いても行ける距離だった。現在、そこは三階建ての茨城県信用組合農林水産部ビルとなり、通りに面したビル西側の側面には、飛虎将軍を紹介する一枚のパネルが水戸市により設置してある。ここは芽依が卒業後に内定している就職先と関係のある建物だ。

このパネルは水戸市によって二〇一六年に設置され、〈飛虎将軍・杉浦茂峰の生家跡地〉と、タイトルが大文字で記されている。〈台湾の人々を守るため自身の命を投げ出した・戦闘機パイロット〉詳しく出生から戦死までが日本語、英語と中国語で紹介されていた。ここには海外からの訪問客も訪れているのだろう。このパネル案内から杉浦茂峰の概略がよく分かる。

芽依はスマホで〈飛虎将軍〉と検索をしてみると、検索結果に表示されるヒット件数が多いのに驚いた。飛虎将軍はいくつかのホームページでも紹介され、そこでは動画で台南の飛虎将軍廟を観ることができた。さらに検索を進めると、朝は〈君が代〉がスピーカーから流れ、廟内には日本国旗が掲げられ、夕方には〈海ゆかば〉を大音量で流しているそうだ。

案内パネルの前で、スマホ検索に熱中していると後ろから声をかけられた。

「芽依。ここで何してるの？」

振り向くとそこには中野良子《りょうこ》がいた。良子とは同学年で、小学校は別だが一年生から水戸東武館で剣道を共に習った剣友である。お互いに小学校卒業で剣道は何となくやめた。

良子の実家はここ五軒町にあり、今は家業のコンビニ店を手伝っている。芽依は生花の配達で近くを通ると、よく立ち寄り良子と立ち話などをして交流は今でも続いている。

「良子、飛虎将軍って知ってた？」

「私の行ってた五軒小学校卒業だけど、小学校は今、水戸芸術館になっているんだよね」

良子とは地域の違う小学校を卒業したので、五軒小学校の歴史は知らないが。良子には飛虎将軍について多少の知識はあるようだ。

三年前の二〇一六年に、台南よりの訪問団と一緒に、飛虎将軍ご神像が水戸へ里帰りをしている。水戸ではご神像を日本式に神輿に乗せて、水戸市街地を巡り護国神社到着後に神事が行われた。この時に神輿はここ茂峰の生家前を通り、良子のコンビニ店前を通ったそうだ。良子はこの生家跡にあるパネルも設置時から知っているという。

「芽依、杉浦飛行兵って美形だしかっこいいと思わない？」

パネルには飛行服を着た、凛々しい全身の写真がプリントされている。

「そうだね、台南に行けば何かドラマがあったりして」

良子が茂峰の写真を指差しながら言う。

「絶対、台湾の女の人との恋愛があると思う。でも、予科練習生は硬派だったらしいから期待はずれかもね」

良子は髪をたくし上げ、空をみあげて告げる。

「台湾に行きたいなー。美味しい食べ物とか、観光もいいじゃない」

「そうだ！　良子、一緒に台南に行こうよ！」

芽依の行動力は小学生から変わっていない。剣道大会でも相手を攻め続けて調子のいいときは勝つが、相手に反撃のチャンスを与えると負けてしまう。いつも優勝か予選落ちかのどちらかであった。それを見ていた剣道の先生は、いつもつぶやいていた。

「剣道では性格は直らない」

芽依の性格を良子はよく知っている。

「台南に行くなら早い方がいいよ」

芽依の一言で台南行きが決まった。

十月の週末を調整して、十七日から二十日までの三泊四日で、良子との台南旅行は予約ができた。そしてすぐ二人で新規パスポート申請をした。二人とも初めての海外旅行である。

水戸からは、成田や羽田の国際空港まで出なくても、茨城空港から便数は限られてはいるが、台湾桃園《とうえん》国際空港直行便が運航している。水戸駅から高速バスに乗ると、約四十分で茨城空港に着きかなり便がいい。

十月十七日、搭乗機は台湾桃園国際空港に到着した。空港に近い高鐵桃園駅《こうてつとうえん》から台湾の新幹線、〈高鐵〉に乗車し九十分ほどで高鐵台南駅に着く。水戸を出発して半日足らずで台南に到着することになる。戦前の霞ケ浦海軍航空隊から台南まで、零戦なら飛行時間は何時間かかるか、途中で給油し休憩もすれば二日ぐらいはかかりそうだ。

台南での宿泊先はネット検索をして、飛虎将軍廟の日本語ボランティアガイドをしている、郭秋燕《かくしゅえん》が経営する日升大飯店《にっしょう》に予約を入れた。ホームページによると、このホテルは台南市尊王街《そんおうがい》に建ち、宿泊客の多くは日本人の旅行者や、ビジネス客だと案内されている。

芽依はホテルのネット予約覧に、高鐵台南駅到着時間を書き込んだので、改札口には、二人の名前を記入したカードを持った郭秋燕が迎えに来ていた。短髪で活発そうなホテル女将だ。

「ようこそ台南へ！」

いきなり握手を求められて強く握られた。これがよく聞く台湾式の、〈熱烈歓迎〉なのだ。秋燕は半袖のシャツとジーンズで、素足にスニーカーを履いている。芽依と良子は長袖に冬用のコートを着ている。水戸はこれから紅葉を迎える秋で、今朝は例年より少し寒く、首にはマフラーを巻いてきた。台南と水戸との季節が全く異なる服装を比較し、二人は困惑し顔をしかめた。

「芽依、ここの季節は夏なのか冬なのか、分からないね」

台南到着後、良子の第一声である。

芽依はここは熱帯、熱と光の台南。台南に冬はないと感じた。


車は高鐵台南駅からすぐ高速道路に入った。車窓からの景色は、今朝通った茨城空港までの高速道路からとそれほど変わらず、地平線まで続く田園風景が広がっている。車は九人乗りのワゴン車だが、秋燕の運転はスピードを出す。さらに、運転をしながら会話に夢中になる。運転を忘れているかのように、ハンドルから両手を離して、手まねを交えて話しだす。まるで全身から湧き上がる、熱と光の活力が吹き出しているようだった。

車中での話によると、秋燕は飛虎将軍廟の熱心な信徒だそうだ。それは数年前に、日本人宿泊客をホテルから高鐵台南駅まで送る途中で、飛虎将軍廟を案内してそこから駅まで見送った。秋燕はその帰りに銀行へ支払のために寄ったが、現金を入れたバッグがない事に気付いた。バッグは高鐵台南駅のトイレに置き忘れたのだ。すでに一時間以上は経過している。

急いで車を引き返しそのトイレに駆け込み、自身が使用したドアを開けた。バッグはドア内側フックに吊り下がっていた。中身を確認すると現金や通帳はそのままであったという。無事にバッグが戻った事は、飛虎将軍が見守ってくれたおかげだと固く信じ、それからは熱心な信徒となったそうだ。それ以後は、仕事も順調で運気もだいぶ上がってきたという。

秋燕は、飛虎将軍廟より日本人観光客が訪れた連絡が入ると、すぐ駆けつけて日本語のボランティアガイドとなり、台湾で神となった日本人飛行兵を語るようになったという。

ホテルに到着してから取材用具を整えると、早速二人は秋燕の案内で茂峰の痕跡めぐりを開始した。

杉浦茂峰は一九二三年十一月九日、茨城県水戸市五軒町にて父・満之助と、那珂市育ちの、母・たね、との三男で誕生し姉がいる。五軒尋常小学校から三の丸尋常高等小学校に進み、海軍飛行兵に憧れて志願し、一九三八年、十四歳で霞ケ浦航空隊乙種飛行予科練習生として海軍に入隊した。海軍飛行予科練習生には甲種、乙種、丙種とあり、茂峰は乙種十期で練習生期間は一年二か月である。予科練では体力と精神力に学力を重視し、土浦海軍航空隊に進んでから、飛行基礎訓練を受け飛練教程を終了した。最初の赴任先が筑波海軍航空隊であり、そこから南方の最強戦闘機隊として名高い、台湾台南海軍航空隊に配属となる。

茂峰は水戸より、遠く離れた台湾へ出発する前に生家へ一旦戻った。茂峰を迎えたのは二歳年上の姉で恭子だった。女子挺身隊で、水戸市内の軍服縫製工場に動員されていた。茂峰はいつも「恭子ねえさん」と呼んでいる。幼少より忙しい母親に代わって、何かと世話をしてくれた弟想いの姉である。茂峰は姉に内緒で予科練を受け、合格通知が届いて姉は知り、予科練入りを猛烈に反対した。茂峰には憧れの予科練であり、姉の反対を押し切って入隊している。それを姉はずっと不満に思っている。水戸の姉からは頻繁に手紙が届くが、心配性の性格が手紙に表れ日々の注意ごとが、まるで軍人勅諭のように箇条書きに書かれている。そんな姉だが茂峰は大好きである。台湾に配属される前に是非会いたくなり水戸に帰った。

第2章

日本海軍　台南航空隊

一九四四年四月、杉浦茂峰は台湾台南海軍航空隊に転勤する。内地より茂峰が搭乗した輸送機は、台北の陸軍航空隊松山飛行場に着陸した。機窓からは前方の緑深く小高い丘に大鳥居が見え、その奥に堂々と建つ本殿が見える。あれが台湾の総鎮守として、最も重要とされる台湾神社だ。その右下には戦死者を祀る台湾護国神社の屋根が見えた。

台北から着任地の台南までは、搭乗機の手配がつかなく汽車の旅となった。飛行場で荷物を受け取り、出口で待つ軍用バスに向かう。松山飛行場の西側には航空工廠があり、ちょうど昼休みなのか大勢の女子工員が、春の陽ざしに誘われ広場で弁当を広げて、楽しそうに会話をしていた。内地の軍需工場ではおそらく見られないほのかな光景だ。それだけ台湾は内地より開放的だと感じた。

茂峰を乗せた軍用バスは、台湾神社に通じる勅旨街道を通り、台北州庁の交差点を右折してまもなく台北駅に着いた。台北駅前広場はかなり広く、線路と平行して走る道路幅も広い。これが台北城壁を壊して広げたという、絵葉書にもなっている有名な三線道路で、台北のシンボルとなっている。内地でもこんな広場のような道路は、まだ見たことも聞いたこともない。台北駅と三線道路を挟んだ向かいには、洋風赤レンガ造りの豪華な洋式三階建ての建物が見える。あれが皇族や政財界の大物が利用するという鉄道ホテルのようだ。鉄道ホテルの屋根後方に塔が突き出て、天辺には日章旗がなびいている。あそこに台湾総督府があるのだろう。

台北駅はレンガ造りの大きな駅舎だ。中央広場は正方形で郵便局や赤帽室があり、その奥には食堂がある。直進して正面が改札口となり、左側に三等、一等、二等用の広い待合室と売店があった。待合室はこれから旅に出る乗客で混雑していた。

列車のホームは一番線から五番線まで五列あり、その奥には淡水線のホームが見え、小型の蒸気機関車が煙を吐いて入線している。

各ホームには陸軍や海軍の軍服を着た軍人が多く見られる。季節が不明なのか、黒や茶系色のまだ冬用の軍服もいれば、白い半袖で夏用軍服を着た軍人もいる。これから内地では衣替えの時期だが、ここでの服装を見ると冬なのか夏なのか迷ってしまう。

まもなくするとホームには、黒い煙を黙々と吐いた基隆《きいるん》発、高雄《たかお》行の汽車が入線した。茂峰は二等席の進行方向窓側に座ると、その反対側の座席に陸軍少尉の階級章を付け、日焼けした顔の兵隊が座った。手に持つ官給品の軍刀が席を狭くする。

汽車は定刻通りに発車した。しばらくすると向かいの少尉が、軍服の胸ポケットからタバコを出し、そこから一本抜きだすと茂峰にすすめた。

「恐縮です」

少尉もタバコをくわえライターを取り出すと、先に茂峰のタバコに火をつけた。内地のタバコだが、台湾の空気で吸うタバコは少し甘い味がした。茂峰が大きく息を吐くと、少尉は台湾歩兵第二連隊の金城和夫と名乗った。ここから台南まで同行することになる。

金城は台湾で生まれ育っている。このような人をこちらでは湾生と呼ぶらしい。両親は沖縄県出身で、台湾には沖縄出身者が多いと話す。台北第二師範学校を卒業して台北州庁総務課職員となり、台北市内の国民学校施設を担当していた。二年前に召集令状の赤紙が届き、台北の台湾歩兵第一連隊に入隊した。昨年秋に台南の台湾歩兵第二連隊に異動している。三十二歳で妻も台湾生まれの湾生であり、夫婦共に母国が台湾で祖国が日本という日本人だ。五歳になる男子と二歳の娘がいて、家族は両親と共に沖縄人集落と言われている、台北駅裏の下奎府町で雑貨店を営みながら暮らしている。

これから茂峰が着任する台南は、緯度的には熱帯に位置し一年中が夏だそうだ。台南は台湾の京都とも呼ばれるほど、歴史のある建造物や史跡が多く残り、日本統治が始まった初期より、近代的に開発された美しい街だと金城は語る。

この中心地には台南で唯一、五階建ての林百貨店が建ち、その屋上からは市内が一望できる。その眺望の良さにより、屋上には侵入する敵機への対空射撃用に、重機関銃が設置されている。金城はここの分隊長で、近いうちに茂峰を案内すると約束をした。

車窓からは、故郷の水戸と同じようなのどかな田園や畑が続き、農業用水路では内地では見ない水牛が数頭水を浴び、子供がその背に乗り遊んでいた。新竹《しんちく》、台中《たいちゅう》、嘉義《かぎ》と次第に汽車が南下するに従い、南洋の植物やヤシの木が生い茂り、南国の雰囲気が一段と増してきた。緑濃い森を抜けると急に開けた平野となり、レンガ造りの平屋が次第に増えてきた。そして、列車は台南駅二番線に到着した。金城はこれから林百貨店屋上の分隊に急ぐと言い到着ホームで別れた。

下車した二番線ホームには祝出征の大幡が立ち並び、武運長久と書かれた幟と日の丸旗。たすきをかけて出征する台湾人特別志願兵と、その見送り人で足の踏み場もないほど混雑していた。これから高雄まで行き高雄港から船で内地に向かう。

「内地はまだ寒いから、風邪をひかないでね」

「鉄砲玉に当たらないように、お守り袋はいつも身につけてね」

「時々、手紙を書いて送るのよ、待っているから」

日本語と台湾語が入り混じった会話だが、この情景は内地の出征と変わりはなかった。まだ十六、十七歳だろう幼い顔をした、台湾人少年志願兵の姉は、涙声で同じことを繰り返している。母親が息子の手をしっかり握り締めて泣いている。やがて汽笛が鳴ると、万歳の声援がホームに響き渡った。茂峰も台湾へ発つ前の水戸駅で、姉から護国神社のお守りを渡された。あの日もホームでは出征する若者が、日の丸小旗を振った大勢に見送られていた。内地でも台湾でもどこで見ても同じように、家族と別れを惜しむ感傷的な情景だ。茂峰はこの場を離れ足早に地下連絡路から駅改札口に向った。

地下連絡路の壁には、ポスターが貼られていた。

〈男なら荒鷲になろう、来たれ我らの青空へ台南航空隊〉

〈日本男子よ、憧れの大空へ飛び立とう！〉

〈献身報国の近道は大空にあり〉

若者達の心を駆り立てる勇壮なポスターが何枚も貼られ、台湾人男子にも飛行兵の志願を呼びかけている。内地の予科練教育では、台湾および朝鮮出身の一般志願制から選抜した、丙種（特）飛行予科練習制度を開設し、優秀な台湾人飛行兵を育成しようとしている。

いずれ彼らと一緒に、台湾の大空を飛び交う日も来るだろう。

第3章

杉浦茂峰小隊長

台南海軍航空隊は、一九四二年より第二五一海軍航空隊と改称したが、今でも通称で台南空と呼ばれている。数ある日本海軍航空隊の中でも、屈指の実力者が揃った最強の戦闘機部隊と褒められている。坂井三郎一飛曹、太田敏夫、西澤廣義《ひろよし》飛曹長らは〈台南空の三羽烏〉と呼ばれ、歴戦の猛者撃墜王が活躍した伝統ある日本海軍航空隊である。

台南空は台南駅から六キロほど海に向かった、砂糖キビ畑の中にあった。艦上爆撃機、艦上攻撃機が並び、茂峰が配属される零戦隊には、零式艦上戦闘機三二型、二二型や数機だが新型機の五二型もある。今では骨董価値しかない二一型まであった。滑走路には、それら異なった航空機のエンジン音が響いていた。

茂峰は台南空分隊長、小林善晴大尉に転勤命令書を届けに向かう。分隊長は部屋にいる。

「杉浦茂峰飛曹長、入ります」

「よし、入れ」

茂峰は脱帽し部屋に入る。脱いだ帽子を右手で持ち、上体を真っ直ぐにするお辞儀の敬礼をした。小林が軽く礼を返す。

「杉浦茂峰飛曹長、筑波海軍航空隊より命令により転勤し、只今着任しました」

帽子を左の脇に挟むと、胸のポケットから命令書を取り出し右手で渡す。

小林はそれに目を通す。

「よし！」

茂峰は少し後ろに下がりサッと頭を下げた。緊張が続く。

小林の経歴には、霞ケ浦海軍航空隊飛行予科練での教官時代がある。茂峰は零戦に憧れ、高等小学校を卒業し、十四歳で霞ヶ浦海軍航空隊予科練に入隊した。小林は椅子に座ると、直立不動で立っている茂峰に問いかけた。

「杉浦飛曹長が戦闘機搭乗員を志願した理由は、何かね？」

茂峰が水戸五軒小学校を卒業する前の出来事で、役場より零戦が学校上空を飛行すると電話が入り、小学校全生徒が日の丸小旗を手にして、校庭で整列し待っていると、時間通りに零戦一機が飛来した。飛行兵が天蓋《てんがい》（※キャノピー）を開き、低空から何か荷物を落とした。すると零戦は急上昇し上空で零戦の腰を一回捻り、見事な回転を見せた。全校生徒は「おぉ……」と一斉に声を上げ小旗を振った。

小林は目を細めて、窓より夕暮れの滑走路を眺めている。それから茂峰に向くと懐かしそうに語り始めた。

「そうだった……あの時は鉛筆を十ダースほど、座布団に包んで紐で縛り低空から落としたが、どうだ、あの鉛筆は使ったか？」

茂峰に向くと微笑みながら問いかけた。

「あの素晴らしい飛行は分隊長でしたか。鉛筆は落下の衝撃で芯が折れ、削っても使い物になりませんでした。でも、そのお気持ちに感謝いたしております」

茂峰の声は緊張で少し上ずっている。

鉛筆には金文字で、〈来たれ少年、予科練〉と刻印されていた。茂峰は三の丸尋常高等小学校を卒業し、高等小学校卒業生を対象とした、予科練乙種飛行予科練習生試験に難関を経て合格した。これで零戦に搭乗できる。桜と錨の七つボタンに真っ白な制服を着て街を歩ける。そして、卒業後は早く下士官になって大空で戦える。夢と希望に満ち溢れていた。

茂峰は小林より、十七歳の少年飛行兵三人を部下に持たされ小隊長を命ぜられた。

「入ります！」

ドアを開き、三人の少年飛行兵が入り横一列に整列した。

「気をつけ、礼！」

三人が揃って頭を下げる。それから元気よく一歩前に踏み出した。

小林が三人の名を呼ぶ。呼ばれた少年飛行兵は「はい！」と、大きな声で返事をして深く頭を下げた。

岡村正武二飛曹、青木信輔二飛曹、高平山《こうへいさん》二飛曹の三人は、いずれも髪の毛を丸刈りにしてまだ幼い顔をしている。

転勤報告が済み、茂峰と三人が分隊長室を出ると、簡単に兵舎を案内されて部屋に着いた。岡村から兵舎の窓下を流れる小川は、上流の製糖工場の排水で悪臭が強くて眠れないので、夜は窓を開けない方がいいと教えられた。部屋に荷物を置くと三人は整列し自己紹介をした。

岡村正武は長野県上水内《かみみのち》郡南小川村の出身で、家は農業と養蚕業をしている。台南空のエースパイロットで、百五十機以上を撃墜した実績を持つ西澤廣義飛曹長と同郷で、撃墜王の西澤に憧れて飛行兵となった。顔いっぱいにニキビを吹き出している青木信輔は、千葉県勝浦の漁村出身で家業は漁師であり、空母の水兵を希望していた。二人は茂峰と同じく予科練習生から、土浦海軍航空隊飛連教程を経て台南空に配属されている。

高平山は台湾人であり、台南空では唯一の台湾人飛行兵である。土浦海軍航空隊予科練習生から飛練教程に進むが、台南空での短期育成に転校して飛行兵となった。高《たか》砂族《さござく》（台湾では原住民と呼ぶ）の出身で、両親は台湾中部山岳地帯霧社の秘湯、富士温泉（現在の廬山温泉）に建つ警察招待所で管理員をしている。そこでは、この地区の治安を守る派出所も兼ね、父は巡査補として勤務している。

翌朝、台南空に起床ラッパが鳴り、朝食を済ませ支度を整えて茂峰は滑走路に三人を集合させた。斜めに差し込む朝陽で滑走路が赤く輝いている。

少し離れた場所では、鬼里小隊長が茂峰と同じように、少年飛行兵四人を整列させている。本名は鬼里太郎で通称は鬼太郎と呼ばれ、戦歴にはミッドウェー海戦からソロモン海戦と、数々の修羅場を経験した歴戦の猛者である。感情の起伏が激しく、機嫌を損ねると飛行練習生の尻に精神注入棒をたたき込み、生徒からは鬼飛曹長と恐れられている。零戦搭乗時はいつもベルトの左腹に短刀を差している。武勲の輝きにより連合艦隊司令長官、山本五十六大将が下賜した短刀で、その白鞘には〈義烈〉と書かれている。左手小指を空中戦の被弾で失っているが、実は大きな獲物を逃し、自らその短刀で左小指を切り落とし、けじめをつけたという噂さもある。

全員が不動の姿勢となり岡村が号令をかける。

「気をつけ！」

「敬礼！」

茂峰は少年飛行兵三人の顔を見回し、気合の入った声で伝える。

「命令！　台南空は台湾周辺の防空哨戒を主とする。これから、台湾南部空域の哨戒を行う。もしその場で敵機と遭遇すれば、すぐ空中格闘戦となる。心してかかれ！」

真に迫った言葉に三人の顔が強張る。

「編隊は、二番機岡村、三番機青木、四番機高平山。飛行中は隊形を崩さず、敵戦闘機と遭遇の場合は編隊で敵機に立ち向かう。各自奮闘せよ……　終わり！」

「敬礼……」

岡村の声が小さい。

三人の飛行時間はそれぞれが、まだ二百時間余りと少ない。もちろん空中戦の経験はない。台南空出身の超エース級飛行兵だと、六千時間から八千時間もの豊富な飛行時間を持つ。

三人は唇を強く結び全身が固く凍り付いているように見える。こんな状態での飛行は危険だ。仮に敵機と空中戦となったら、彼らはいい獲物にされ、機銃連射を浴びせられて火だるまとなり墜落してしまうだろう。またこの緊張状況で飛んでも、茂峰に遅れてしまい整然と編隊を組んで飛ぶのは難しい。ちょっとしたミスが全員の命を奪う。飛行兵には、情熱、興奮、闘志が心底から噴き出し、それが強い勇気に変化しないと大空を自由に飛べない。

「聞け！　あの空を見ろ、あそこに渡り鳥が編隊を組んで悠々と飛んでいる」

全員が茂峰の指差す空を見上げる。

「上空に上がったらお前たちもあの鳥になれ。編隊の風を利用して飛べばいつまでも速く飛べる」

三人はお互いに顔を見合わせている。

「あの鳥のように風をつかめ。そしてその風を追い抜いてどこまでも飛べ！」

茂峰の言葉に力が入る。

「私が先導する。ついてこい、絶対気を抜くな！」

この力強い言葉に反応し、岡村が素直にうなずいた。青木が足を踏ん張った。高が両拳を握った。

「はい！」

気合の入った返事に表情は一変し、緊張感は闘争本能へと変わった。

「飛ぶぞ……かかれ！」

お互いの敬礼が済むと零戦に駆け足で向かった。茂峰機を先頭に編隊離陸を始めた。風防からの景色が地平線から大空に変わる。急速に上昇し滑走路上空を一回り旋回する。二番機、三番機、四番機と、次々に茂峰に集まった。四機が基本通りの編隊となり、そして全機の気持ちが一体となる。鬼里編隊もその後方にピタリと付く。九機が一糸乱れぬ編隊飛行を組み、整然と奇麗に大空を舞う。

台南空の零戦には戦地から戻った中古機が多く、無線機はついているが故障で使えない。決められた手まね信号で指示を出す。

「ゆくぞ！」

左右の風防からは三人の顔がよく見える。みんな凛々しい顔をしている。三人が茂峰に向き笑顔を見せ小さく敬礼をする。茂峰も小さく答礼を返す。そして編隊は海に向かい二千メートルまで上昇した。


九機の零戦が台南の大空を翔《かけ》る。朝の低い陽を反射して、全機のプロペラが赤く輝き回転している。四月の優しい朝陽に溶け込み、零戦は台南沖上空に吸い込まれていく。眼下には海がどこまでも広がっている。爽快なエンジン音とその振動が操縦桿に伝わる。心地よい瞬間、零戦と一体感を感じ始める。海のうねりに朝陽が反射しキラキラと美しく輝く。九機の零戦編隊は台南沖上空を南下する。一機の乱れもなく、渡り鳥より整然と並び大空を飛んでいる。

「その調子だ、遅れるな！」

茂峰は敵機を警戒して常に周囲を見回す。敵機に発見される前に早期発見が空中戦の基本である。左下方に高雄港が見えてきた。高度を少し下げる。台湾の最重要港である高雄港は、人工的に造られた狭い航路が奥まで続く。要所要所には高雄要塞司令部重砲兵連隊が、堅固に要塞化し港を守っている。岸壁には客船や商船が停泊しているが、どの船にも米軍の攻撃により船体に大きな穴が開き、弾丸跡が生々しく残っているのが見える。

水路の奥には大日本帝国海軍旭日旗をなびかせた、駆逐艦や潜水艦が停泊していた。白い制服の水兵が甲板掃除をしている。数人だが零戦を見て水兵帽を大きく振っている。

高雄の街並みがどんどん後方へ去っていく。次に小さな島が見えた。この島を過ぎ海から陸に進路を変えた。東港漁港が見え多くの漁船が集まっている。

ここから、鬼里小隊の五機は、編隊を離脱し左に旋回して台東上空に向かう。太平洋に出て火焼島《かしょうとう》（現在の緑島《りょくとう》）上空を旋回し、台南空に帰投するコースを取る。杉浦小隊は四機に隊形変更をとった。

上空から見渡す台湾は美しい。海の色は青色とエメラルドグリーンの二色となり、眼下には幾つもの小さな丘が、はるか遠くまで広がっている。低い山々は筆で色づけしたように花の色で異なっている。台湾の大地は鮮やかだ。

無数の小さな雲が押し寄せ掻き分けて飛ぶ。雲は機体に突き当たり、音もなく裂けて後方に去っていく。

岡村、青木、高の飛行が少し乱れてきた。眼下の絶景に緊張が緩み鼻歌でも歌い、爽快感に浸っているようだ。茂峰は零戦の翼を上下に振り注意の意思表示をした。少年飛行兵の三機も同じように翼を振り茂峰の指示に応答した。それから茂峰は右に急横転をする。三機が少し遅れて急横転をし遅れまいと懸命に後を追う。両翼の端から雲を引き始め、細く白い雲の線が後方に流れる。強烈な加速に重力が加わり体は抑えられる。風防の隙間から風が金属音をたてて吹き込む。爽快感が際立つ。

「お前たち、離れるな！」

茂峰は軽く微笑み、つぶやくように言った。水平飛行に戻し、さらに進むとまた海岸に出た。押し寄せる波が海岸にぶつかり波の飛沫が白く湧き、白い線となって長く半島の縁を描いている。いよいよ台湾の先端まで飛んできた。

断崖絶壁に立つ真っ白い鵝鑾鼻《ガランビ》灯台が見える。バシー海峡を照らす白亜の灯台だ。この下が大日本帝国領土の最南端となる。その奥にはバシー海峡が広がり、海の色が黒く深くずっとフィリピンまで続く。このバシー海峡は、魔の海峡、輸送船の墓場と言われ、十万人以上が敵潜水艦の犠牲となった悲しい海峡である。茂峰は高度を下げ始めこの近海の対潜哨戒に入る。海面近くを飛ぶ四機の零戦は、真上からの陽に照らされ、その長い機影が海に映り海面を爽快に滑っている。長時間の低空飛行は、上空の敵機に背を見せ一撃に無防備となる。四機は再び上昇し、台南空までの帰路は陸上空を飛行する。周囲を警戒して戦闘空中哨戒に切り替える。

しばらく飛び屏東《へいとう》飛行場を過ぎた。屏東駅の近くには、区画されて立ち並ぶ百戸ほどの軍人宿舎が小さく見えた。その前方には日本一高い山、霊峰新高山《にいたかやま》が雲の上に頂上を突き出している。頂上付近に白く積もるのは残雪だろう。そのふもとは深い緑色に染まる、阿里山《ありさん》の豊富な大木が奥深くまで広がっている。

大量の水を蓄えた烏山頭《うさんとう》貯水池が見えてきた。一九三〇年、台湾総督府土木技師、八田與一により完成されている。日本一広大な水庫からは農業用水路、嘉南大圳《かなんたいしゅう》が嘉南平原広域に網の目のように細かく広がり、太陽に照らされ光の線となって輝いている。水を引いた水田では田植えが始まっている。嘉義《かぎ》の街並みが見え、嘉義駅前の噴水が白く噴き上げている。ここから台南空滑走路に向けて下降を始める。やがて四機は台南駅上空を通過し、全機が台南空に帰投した。

第4章 恋の予感、林百貨店

五月に入り、台湾歩兵第二連隊の金城少尉から連絡が入った。林百貨店屋上に設置した、対空射撃用重機関銃の整備と訓練を実施するので、その見学にどうかと誘われ同行することになった。この付近は台南銀座と呼ばれる一番の繁華街である。

林百貨店は一九三二年に日本人の実業家、林方一《はやしほういち》によって創立した五階建の高層建築である。丸い窓が四つあるのが特徴で、台南では唯一〈流籠《りゅうかご》〉と呼ばれているエレベーターを備えた人気の百貨店だ。一階は酒と化粧品、食品や内地の特産品と菓子売り場で、二階は婦人服と婦人靴、バッグや婦人雑貨と子供用品に寝具。三階が呉服、紳士服と靴、紳士雑貨、宝飾品、時計をそなえ、四階が家具、家庭用品、書籍、玩具、文具で、五階は展望が自慢のレストランとなっている。その入口広場には、珍しい二台の電動馬が置かれ子供たちに人気がある。

豊富な品揃えと、手ごろな価格が人気の総合百貨店である。店員を含む社員数は百五十人ほどで、開店当初は日本人社員が多数だったが、徐々に日本人男子は出征し、現在は台湾人社員の方が多い。屋上からは台南市のほぼ全体が眺望でき、そこに設置する対空射撃用重機関銃は、台南市街の空一面を睨《にら》む最適な場所に構えている。金城から飛行兵には米軍機との空中戦がイメージできる、絶好の場だと勧められた。

「ここではエレベーターを備え、制服姿のエレベーターガールが乗務し操作を行っている。なかなかの美人だぞ……」

金城が何か意味のありそうな含み笑いで語る。茂峰は金城と部下五人の最後に並び入店した。一階ではエレベーターに乗るのを楽しみにする客が列を作って並んでいる。その列をすり抜けて、金城と部下達はエレベーター横の階段をそのまま一気に駆け上がった。茂峰はその後について階段に一歩踏み出したとき、一瞬立ち止まり、エレベーターガールに注目した。身を乗り出してじっと見つめる。それから大きな声で……

「恭子姉さん！」と呼びかけた。

階段に踏み出した足を外すと、エレベーターガールに向いて大きく一歩進み接近する。

エレベーターガールは茂峰に振り向く。

「どちらの階をご利用でしょうか？」

日本式の接客会話で答え、茂峰を見つめて優しく微笑んだ。茂峰はエレベーターガールをじっと見つめる。やや低い背丈、ほほから顎の輪郭、大きく澄んだ瞳、やや薄く涼しげな雰囲気の唇に優しい鼻筋。白い肌にやや細い手足。本当に水戸の姉とよく似ている。茂峰はさらに大きく一歩踏み出すと、今度はエレベーターガールの足元から、ゆっくりと見上げる。

「お買い求めは何でしょうか？」

やはり姉の声だ。語り調子も同じだ。体中がゾクゾクしてきた。

「いかがされました？」

怪訝そうに聞き返す。笑顔から当惑した顔に変わった。

「やはり、恭子姉さんだ。どうしてここにいるの？」

姉の恭子とは、水戸駅で別れてからもう三ヶ月会っていないが、この女性は帽子を深くかぶり、顔の輪郭は半分隠れているが間違いなく姉の恭子だと感じた。

「姉さん、茂峰だよ」

そう告げると、笑いながら嬉しそうに、さらに二歩接近する。エレベーターガールからは完全に笑顔は消え、唖然としながら一歩後ずさりをする。

茂峰は間を置かずに一歩追う。エレベーター前に緊張が張りつめ一瞬静寂する。

エレベーターガールは一歩後退し壁を背にした。

茂峰は、ニヤリと笑いながら、さらに一歩接近して体を乗り出す。

エレベーターガールは恐怖心から、左手を真っ直ぐに伸ばして、茂峰の接近を制止しようとした。表情が緊迫している。伸ばした腕の先には、左胸に掛かる名札がハッキリと見えた。その名札には〈和田京子〉と名が記されていた。

茂峰は一瞬状況を理解できないでいる。その名札を黙って何度も読み返した。そして小刻みに階段まで後ずさりをした。

それから「和田京子」と、何度もつぶやき「違う、違う」と声を出しながら反転すると顔を伏せて、階段を一気に駆け上がっていった。

京子は一目散に駆け上がる後ろ姿を、覗き込みただ唖然と見ていた。

翌週の休暇に茂峰は林百貨店に行った。エレベーターガールの名は和田京子である。水戸にいる姉の恭子が台南まで来るはずがない。和田京子に会って、人違いをしたことを素直に謝りたい気持ちと、会って姉を身近に感じたい気持ちとで混乱している。

定員十二名の密室で、エレベーターガールは様々な客と接し、客からの嫌がらせで悩むこともある。茂峰は朝から、京子が操作するエレベーターの乗り降りを何度か繰り返した。京子に素直な気持ちが、なかなか言い出せないままでいる。

エレベーターの中でただ黙って見つめる茂峰に、不審を感じた京子は上司の李康夫課長に相談した。京子より不審者だと知らせを受けた李は、一階エレベーター前の行列に並ぶ茂峰に声をかけて、三階の応接室に案内した。それほど広くもない応接室のソファーに座り二人は向かい合う。

「当店の店員に、何か失礼なことがありましたでしょうか?」

李の率直な問いかけに答える。エレベーターガールの和田京子は、郷里の水戸で暮らす姉とそっくりで、名前の漢字は異なるが同じ読み方だと答えた。茂峰は制服の胸ポケットから、姉の写真を取り出すと李に差し出した。李は半信半疑で写真を手に取り、その写真に吸い込まれるように見つめている。時間が止まっている。そして茂峰の顔に視線を移した。

「これは、当店の京子君です……」

「いえ、姉の写真です!」

すかさず強い口調で言い返す。

李は首を小さく何度も振ると、もう一度写真に集中する。そして大きくうなずくと茂峰に写真を戻した。

「なるほど、京子君を子供のころから知っている私でも迷いました」

また、うなずくと納得したかのように語りだした。エレベーターガールの和田京子は、台湾人で改姓名をしている。本名は蔡静美《さいしずみ》といい二十二歳である。ここから近い末廣国民学校の近くで父と二人で暮らしているという。

林百貨店のエレベーターガールには、男女を問わずファンが多く、行き過ぎた好意に恐怖を感じ、李に助けを求めて来ることもあるそうだ。茂峰の行為をこれと同じように感じた京子は、恐怖に涙を浮かべて李に相談した。

「お客様に失礼をいたし、誠にすみませんでした。京子君には事情をよく説明して注意しておきます」

言い終えると、李は立ち上がり深々と頭を下げた。

「失礼をしたのは私の方です。京子さんを責めないでください」

張りつめた緊張から解放され、写真を胸ポケットに戻すと、サッと立ち上がって姿勢を正し、頭を下げて応接室を出た。

茂峰は林百貨店屋上に立っている。ここには誰もいない。ふと水戸だと思う方角に向かい、大きく息を吸うと姉の名前を呼んでみた。ゆるい風が吹き、声は消されて、寂しさだけが全身に広がった。

第5章

一視同仁　同化政策

この事があって以来、茂峰は林百貨店には行ってない。行きたいのだが行きづらい。そんな時、金城より昼過ぎに林百貨店に呼びだされた。米敵機の侵入コースを予想した訓練をするらしい。末廣通り側の林百貨店入口で金城と合流した。茂峰は京子と会うのに当惑し店内に入る足は重かった。階段横のエレベーターは稼働中だが、一階には京子の姿はない。茂峰は一番先頭に立つと一階から逃げるように、一気に階段を屋上まで駆け上がった。続いて金城と五人の部下も屋上まで駆け上がる。屋上では全員の乱れた息遣いが聞こえる。

「杉浦飛曹長は予科練で鍛えただけあるな。遅れてしまった」

金城が悔しそうに息を吐きながら、とぎれとぎれに言う。部下達もそれぞれが大きく深呼吸をして息を整え、流れた汗をぬぐっている。

普段、九二式重機関銃は屋上の弾薬庫に、一万発の銃弾と一緒に保管してある。重機関銃の重量は三脚込みで六十キロはある。これ以上重量のある重機関銃だと屋上の床が持たない。弾薬庫から重い重機関銃を五人がかりで、敵機の侵入方向を見て適切な場所に素早く設置する。実戦の射撃では侵入する敵機に向かって、光の線を引く曳光弾が標的へ実弾を導いてくれる。ここでは実戦で使用したこともなく、いつか襲って来るだろう敵機に、迅速に対応できるよう日々訓練に励んでいる。

米軍機来襲を想定した予行演習では、敵機は太平洋側から台東方面に侵入し、遠回りとなるが標高の高い阿里山脈を左に迂回する。南の屏東から回り込んで、高雄を通過し海岸沿いに台南に飛来する。台東の監視所から米軍機飛来の電話通報を受けて、ここ台南までは約三十分から四十分程の到達時間を予想する。この間に弾薬庫から重機関銃を出して設置し、銃口を侵入コースに向けて敵機を待つ。短時間でスムーズに敵対行動をとるには、日頃の訓練が最も重要となる。この日も金城の指揮のもと、何度も同じ動作を繰り返し訓練は終了した。後片付けが終わり休憩となり、部下達は五階の日陰で休み、子供用遊戯施設の電動馬に触れて楽しんでいる。

茂峰と二人となった屋上では、金城が壁に寄りかかってタバコを吸い始めた。台南の緯度は熱帯なので六月はもう夏になるが、訓練後の屋上には心地よい涼しい風が吹き流れている。弾薬庫屋根の最上部からは、青空へと向かい林百貨店社旗が掲揚され、さわやかな風がゆったりと旗をゆらしている。

金城が眼下に広がる市街を眺め語り始めた。

「杉浦飛曹長、ここからの風景は素晴らしいだろう。斜め前方に神殿風の建物が見える。あれが日本勧業銀行台南支店だ。花崗岩の石柱が並び、石柱の上部に恵比須神の顔が彫刻され、掲げられているのが見える」

タバコを吸い込みさらに話は続く。

「日本の台湾統治は、欧米列強諸国の植民地経営とは根本的に違う、欧米列強諸国の植民地経営は、愚民化政策の下に一方的な搾取を行うばかりで、植民地の民度向上、教育などは全く考えてない。

しかし、我々日本の台湾統治は同化政策の下に、台湾も内地と同じように教育系統を整備し、その民度を向上させるべく諸制度改革などあらゆる努力が払われている。日本は台湾を近代化し開発した」

金城は向かいの銀行を見ながら、やや興奮した口調で語った。茂峰はまだ台湾に赴任して二か月しかたってない。それも台南空での兵舎生活がほとんどで、こうやって外出することはまれである。

今まで愚民化政策とか、同化政策などは聞いたこともないし、何のことだか理解ができない。零戦に憧れて十四歳で予科練に志願し、そこでは、月月火水木金金と土日返上で敵機を撃墜する、厳しい訓練の毎日だった。

茂峰には台湾の知識がほとんどなかった。内地の鉄道駅にも台湾の観光宣伝物はなく、日本郵船の外国航路の案内にも、台湾の写真は一枚もない。台湾に対しての知識を得るものがなかった。茂峰が内地で得た台湾の知識と言えば、台湾には毒蛇と毒蚊が多く、蚊の発生によるマラリアやテング熱、ネズミが媒介するチフスなどが蔓延し、暑さのために日射病や、赤痢、食中毒にかかりやすい。海軍水交社機関誌〈水交社記事〉で見たが、台南の製糖会社に勤務する日本人社員のヘルメット帽に、半ズボン姿の写真があった。台湾は熱帯の僻地で、未開のジャングル地帯のような印象が強かった。しかし、実際ここ台南にはエレベーターを備える百貨店があり、そこでの案内放送は日本語で、店内に流れる音楽は日本の最新流行歌だ。入口で聞こえた音楽は昨年封切られヒットした、李香蘭《りこうらん》主演の〈サヨンの鐘〉だった。台北州蘇澳郡《すおうぐん》の蕃社に駐在した日本人巡査が、出征となり悪天候の中を下山した。手伝いで荷物を背負った十七歳の少女が増水した川に落ち、命を落とした悲しい物語だと聞いている。

台南市内には、コンクリート造りの建築物も多く見られる。戦時下の内地では、女性は質素な上着にモンペ姿が多く、外出着では男女共に着物姿を多く見かける。台湾での人々は洋服を着ており、茂峰には日本人も台湾人も同じように見える。誰が日本人で誰が台湾人なのかよく見当がつかない。多分、帽子をかぶっているのが日本人で、バナナの茎で作った農民笠をかぶっているのが台湾人だと思うぐらいだった。ここ台南は近代化された都市で、異郷の僻地と想像していた茂峰の考えを一変させている。

金城は召集されるまでは、台北州庁総務課職員で台湾の児童教育事情には詳しい。手に挟むタバコが、吸う間もなく燃え尽きたのを見て、もう一本を取り出して大きく吸い込んだ。

「杉浦飛曹長、台湾には国民学校が一，一〇七校あり、児童数は九四二，五七五人だ。これは自分が台北州庁総務課で、国民学校施設担当だった三年前の統計だ。自分が作った資料だから忘れてはいない。日本人と台湾人が机を並べて学んでいる。その結果、台湾での就学率は九十二パーセントにも達している」

金城は軍人としての顔ではなく、台北州庁役人の顔に戻っているようだ。その頃の自分を忘れまいとして、数字を自分に言い聞かせているようにも聞こえる。

半分吸い残ったタバコを大きく吸い込む。また熱気に満ちた顔に戻る。

「四百年もオランダの植民地だった、インドネシアの就学率はたった三パーセントだ。台北の国民学校は、下水道施設完備の鉄筋コンクリート建物に造り変えられている。ここ台南でも台北と同じように改修工事が始まっている。これは日本一の都市、東京より早く始まり整備されている。台湾では衛生状態を改善することによって伝染病が一掃された。あらゆる身分の者が平等に教育を受けられるよう、貧しい家庭には奨学金を与えてまで就学が奨励されている」

茂峰の顔を見て、硬い決意を示すように、大きな声でゆっくりまた語り始めた。

「台湾経済がこれまで成長した秘訣は、整備された産業基盤と教育にある。台湾の近代化は、内地の各都市よりも遥かに進んでいる」

残ったタバコを吸い込み白く吐き出された。熱気を帯びて強張った顔が、以前の温かい表情に戻った。

金城の熱弁に押され茂峰は懸命に理解しようとした。しかし、十四歳で予科練に入り、飛練を卒業して憧れの飛行兵となった。金城と歩んだ過程は異なり、今は三人の少年飛行兵の命を預かっている。全員が十七歳でまだ死なせたくはない。彼らと一体となり敵機に立ち向かっていく、それが飛行兵の進むべき真の道だと教育され実施している。

話が済むと急に空模様が怪しくなり雨が降り出した。今週は毎日、昼過ぎには激しい夕立が降っている。片づけは済んでいるので急いで五階に下りた。そこから金城と部下は階段を駆け下りて行った。階下に軍靴の足音が響く。茂峰はエレベーターの下降ボタンを押した。なぜか京子に会えそうな気がした。

エレベーターの上部壁面に取り付けてある、半円型の時計針式フロアインジケーターが、一階からの上昇を示し始めた。やがて到着音が聞こえた。ガラス張りの三面開き扉の奥に、エレベーターガールが見える。扉が開かれると満員の客が出てきた。そして最後に、薄いブルーの帽子をかぶった制服姿の和田京子が立っていた。

茂峰は戸惑ったが、飛び乗るように入ると奥の壁を背にした。

「下にまいります」

京子の甲高い声に緊張する。

「一階でよろしいでしょうか?」

「はい」

茂峰の声が上ずっている。

京子は扉を閉めて、昇降レバーを左に倒し下降操作をする。

二人だけになった。動き出すと京子は話し出した。

「先日は失礼しました。私、兵隊さんを誤解していたようです」

茂峰の顔を見た。

「いえ、私こそ、すみませんでした」

「上司の李からは、お姉さんの写真を見せていただき、あまりにもそっくりで驚いたと聞いています」

京子は次の言葉が出てこない、何か言いづらそうだ。

「えーと……　私にも、お姉さんの写真を見せてもらえますか……」

突然の要求に驚いたが、茂峰は胸のポケットから姉の写真を取り出して渡した。京子は手に取ると顔を近づけてじっと見つめる。

「本当、そっくり、これ私だわ」

李からは写真の女性は恭子と言う名で、京子と同年齢の二十二歳だと聞いている。

「本当に失礼しました。父にこの写真を見せたらきっと驚くと思うの。写真お借りしてもいいですか？」

京子の人見知りをしない強引さに圧倒され、次回に返してもらう約束をして写真を渡した。

「必ず、お返しいたします」

写真を制服の胸ポケットに入れると、茂峰を見つめてニッコリと微笑んだ。張りつめた緊張が消え、茂峰も意味なく笑顔を浮かべた。

エレベーターが一階到着を知らせるカネが小さく鳴った。

「あらっ！　もう着いちゃったわ」

不満そうに素直に言った。昇降レバーを静かに中心に戻すと、エレベーターは一階フロアと段差無くピタリと停止した。それから扉が開くとそこには金城が立っていた。

「ここのエレベーターは日本一遅い！」

金城は京子に向かって言い放つと、茂峰と軍用トラックに乗り込み、激しい雨に包まれた林百貨店を後にした。

第6章

熱と光の子供たち

台南空では、ほとんどの少年飛行兵がそれぞれ一枚ずつ、ブロマイドを大切に身に着けている。それは若い人気女優や歌手たちで、美しく微笑む美女達の写真である。写真の美女は、少年飛行兵に向かって〈武運長久お祈りします〉と、ニッコリ語りかけている。戦意高揚に利用された写真で、軍が許可した写真専門業者が製造販売をしている。まだ女性の手を握ったことさえない少年飛行兵は、毎日眺める写真の美女に淡い恋心を抱く。死線に直面する少年飛行兵と、写真でしか会えない美女との間には架空の純愛が芽生え始める。写真を飛行服の胸ポケットに抱き、激しい空中戦で被弾すると、美女の笑顔が目の前に現れ共に大空へと消えていく。

茂峰はいつも姉の写真を軍服の胸ポケットに収めている。姉が二十歳のお祝いに、水戸の護国神社で撮影した記念写真だ。いつも胸のポケットにある姉の写真に会えないと寂しい。京子に写真を預けた一週間後に、林百貨店に行くがそこには京子の姿はない。一階のエレベーター前で、同僚のエレベーターガールが茂峰を呼び止めた。

「京子さん、今日は弟さんが久しぶりに戻るので、休暇を取って家にいます」もし茂峰が訪ねて来たら、家まで写真を取りに来てほしいと、京子が描いたという家までの略図を渡された。この図によると京子の家まではそれほど遠くはないようだ。

いつも胸のポケットには姉の写真がある。姉はそこから何でも見ているようで、道理を間違えたことをすれば、「恥を知れ！」と、怒られそうな気がする。つらいときや悩んだときには写真を出して、姉に話しかけたりすれば不思議と元気になる。一週間も写真を見ないと落ち着かない。今日はなんとしても写真を返してもらいたい。地図を見ながら足早に京子の家に向かった。

林百貨店を左折し、しばらく歩くと日本式木造住宅の台南州庁職員官舎が並ぶ。そして、大王ヤシに囲まれた台南神社を過ぎ、高塔を備えた台南地方法院を通ると、次の交差点左手に末廣国民学校が見えた。京子の家はその裏だった。家は木造長屋で和田順徳と書かれた表札が見える。少し開いた扉からは京子の声が聞こえ、扉をさらに開けて声を掛けると、京子が柔和な笑顔で勢いよく扉を押し開いた。この日は、素朴な白いブラウスに白いスカートで立っている。

「いらっしゃい、道に迷わなかった？」

写真を返してもらえばすぐ帰るつもりだった。京子の父が手を引いて部屋に招き入れた。父は台湾総督府鉄道部台南駅の鉄道工員で名は順徳《じゅんとく》という。駅までは自転車で通い来年は定年退職となるそうだ。ちょうど夜勤から帰宅したところのようだった。

「京子よりお姉さんの写真を見せてもらいましたが、娘とよく似ていて、何度も見ましたが驚きました」

父親が驚くのだから、やはり京子は水戸の姉に似ているのだ。

この日は京子の二歳年下で、弟の学亮《がくりょう》が半年ぶりに帰っていた。茂峰と同じ二十歳だ。台湾には帝国大学のみならず、北海道には未設置だった四年制の工業、商業、農林の各高等学校がある。その中の台南高等工業学校を卒業。和田亮二と改姓名をして製糖会社に入った。帝国塩水港製糖株式会社の糖業旅客鉄道新営《しんえい》駅勤務だそうだ。新営駅の屋根瓦は青く、壁は黄色とモダンな駅舎だという。この駅舎と繋がった駅員宿舎に住んでいる。京子よりは背も高く体格もいい、内地だと軍の徴兵検査で甲種合格となり召集されて入隊する年齢だ。

塩水港製糖株式会社は、砂糖の製造販売を行う日本の製糖会社で、工場は広い砂糖キビ畑の中に建っている。そこから線路が延びて、新宮駅と塩水港布袋駅までを結ぶ塩水線の鉄道員で、乗客の切符販売から貨物の管理までが学亮の業務となっている。京子は活気のある笑顔で喋り出すが、学亮はその勢いに圧倒されてか唖然としている。少し開いた玄関の扉から、夏の始まりで心地よい風が通り、開いた窓へと抜けていく。京子は風に顔を向け心地よさそうに静かにしている。

学亮が気を取り直して予科練の精神注入棒を問う。

「杉浦さんは、バッターで尻をたたかれたことがありますか？」

「あれは、海軍の伝統と精神ですね。一回たたかれただけでも激烈な衝撃で倒れてしまい、起き上がれない練習生もいるが、十回連続でたたかれたのもいるそうだ」

「十回もたたかれるとどうなりますか？」

学亮は興味があるらしく、身を乗り出して聞いた。

「一回たたかれても尻が腫れて椅子にも座れなくなり、翌日には皮の色が黒くなっていく。そのたたかれた練習生は、一週間も意識が消えてその後は故郷に戻されたそうだ」

難関を経て予科練習生となったが、訓練中の不注意や事故で死亡する練習生もいる。

「最近は台湾人で志願兵を希望する少年が多いようです。僕の仕事は軍隊とは関係のない、ただ砂糖の製造だし、周囲は広大な砂糖キビ畑です。人通りもなく、ただ風が通り過ぎるだけです。だから米軍機からの攻撃はないだろうし、将来は内地での勤務を望んでいます」

窓から外を眺めている順徳は、それを聞いて安心したようで小さく何度もうなずいている。

「大東亜戦争開戦前ですが、台南高等工業学校の修学旅行で京都に行きました。旅費は姉が貯金から払ってくれました」

「私は空の上からしか見たことがないです」

「切符一枚で、基隆港《きいるんこう》から大阪商船の高砂丸に乗船し、五日目の朝には神戸港に着きました。そこから汽車で大阪と京都を観光しました。内地は美しいです。人も優しいし、そこで就職するなら内地の会社にしようと決心しました」

「それはいい時に行った。去年の十月には富士丸が、奄美大島海域で米軍潜水艦の雷撃で沈没し多くの悲劇を招いた。大和丸も九月に東シナ海にて魚雷二本を撃ち込まれ沈んでいる。今は台湾と内地を往来するのは危険で、修学旅行は中止でしょう」

台南空の少年飛行兵は、常に敵機との空中戦を想定し、死の緊張感を持ち続ける軍隊生活だ。しかし、同年代の台湾青年は、明確な希望を持ち懸命に生きている。立派に死ぬことだけを生きがいとはせず、素直に生きようとする学亮に新鮮な生命力を感じた。

もう一人、京子には六歳年上の長男で義夫がいるという。義夫は台北師範学校を卒業し、台北市龍山寺に近い龍山国民学校で担任教師をしている。鉄道工員の父は、毎月三十円足らずの賃金では家族五人の生活は貧しく、成績優秀な義夫は総督府就学奨励金制度で台北師範学校を卒業した。

日本名への改姓名は台湾人の自由意志だが、日本人校長から改姓名を迫られ和田義夫と名乗っている。師範学校卒の台湾人教師は多く、それらの仲間と接する内に、穏健的な教育改革運動に影響され始めているようだ。京子の母は五年前に病死したので、ここでは父と二人の生活となっている。

戦時中の内地では食糧は配給制だが、台湾では総督府農業試験場による、台湾米の品質改良により、同じ田んぼで稲が一年で二回作れ、場所によっては三回の収穫もあり、米の宝庫となった。しかし、それらは軍部や内地に送られてしまい、台湾人の口には入りにくかった。

台湾では、日本語を常用している台湾人家庭を国語常用家庭といい、皇民生活を営む模範的な家庭となる。日本名への改姓名などを済ませ、台南州庁の国語家庭審査員による認定許可制度となっていて、国語常用家庭に認定されると、〈国語常用家庭〉の標識を玄関に提げ、米の配給などが日本人と同様に優遇される。審査は難しいが認定されると生活は楽になる。京子の家庭では全員が改姓名をし、日本語を常用としているがまだ許可には至ってない。

京子から茹でた台湾芋を勧められ食べてみた。甘くてとても幸せな気分になる不思議な芋だった。三十分ほどが経ち姉の写真も返してもらった。


京子の道案内で台南駅までゆっくり二人で歩いた。台南駅の反対側に位置する台湾歩兵第二連隊からは、台南空までの軍用バスが出ている。

家を出るとすぐ末廣国民学校の校庭が見えた。台湾では日本人は小学校で台湾人は公学校に進むが、一九四一年三月より国民学校令が交付され、名称は全て国民学校に一括されている。台湾人生徒も日本語教科書で学ぶ。ここの校舎はパラゴムや栴檀《せんだん》の植栽で囲まれ、広い校庭の隅には大きな傘を開いたような榕樹《ガジュマル》が茂っている。その木陰の中央にオルガンが置かれ、六十人ほどの学童がオルガンを囲んで座り歌っている。オルガンの伴奏は女性教師だった。

京子が自転車を止めて、伴奏に合わせ学童と一緒に歌い出した。

「頭を雲の　上に出し　四方の山を　見おろして　雷さまを　下に聞く　富士は日本一の山♪」

茂峰も五軒小学校で歌った。今でも歌える。文部省唱歌、〈富士山〉。一緒に小さな声で歌い始めた。京子に気付いた女性教師が大きな声で呼びかけた。

「京子さん、お久しぶりね、お元気！」

「歌子先生、元気ですよー」

京子が手を振ると学童全員が立ち上がって二人に手を振った。声を出して無邪気に飛び跳ねる学童もいれば、はしゃいで両手を大きく振る学童もいる。二、三人が近くまで駆け寄って手を振ると戻って行った。

ここは熱帯。熱と光から生まれたような元気一杯な子供達だった。

「歌子先生は私の担任教師だったの」

日本一高い山は、新しく高い山となった台湾の新高山で、明治天皇が名付けたと教科書に書いてある。日本一美しい山は富士山だ。この戦争が終わって、自由に内地との観光旅行ができるようになれば、ここの学童たちもいつか日本一美しい富士山を見て、その美しさに感動するだろう。

自転車を押しながら、明るい笑顔を浮かべて話し出した。

「私、剣道を習っているの。林百貨店の李課長は私の剣道の先生なの」

「李課長は剣道の先生でしたか」

「李課長はね、台北市栄町三丁目に建つ、菊元百貨店で販売係長をしていたの、なかなかのやり手で、十年前に林百貨店に引き抜かれて台南に来たの」

京子が卒業した後の国民学校では、男子は柔道か剣道、女子は薙刀《なぎなた》を習うこととなった。国民学校の男子教師は脚にゲートルを巻き、女子教師はズボンをはいている。校庭でオルガンを弾いていた音楽教師の王歌子は、末廣国民学校では薙刀の先生でもあった。京子はいつも歌子先生と呼んでいる。林百貨店の上司で、剣道の先生でもある李と結婚している。

京子は高等公学校に進級してから、兄の義夫と一緒に剣道を習い始めた。末廣国民学校では、今は剣道も薙刀も中止となりこれから男女共に竹槍の練習に代わるそうだ。兵隊が指導教官となり気合を発して、ただひたすら前進しながら突く練習が始まると聞いている。京子は高等公学校を卒業すると、剣道の師である李の推薦で入社難関の林百貨店に採用された。

「私ね、先月に剣道の昇段位審査会で初段に合格したのよ」

剣道の昇段位審査には一対一の模擬試合があり、勝ち負けではなく戦い方を判断するそうだ。

「私のお相手はお向かいの銀行員で、私が彼の面を打ったら一発ですぐ決まったの」

合格発表では李先生から、「あの面はいい面だ、忘れるな。初段合格」

「相手は初段に落ちたのに、すごく喜んでいるの、あいつは私に気があるようね」

京子は茂峰に向くと微笑んだ。その男性銀行員とは末廣公学校の同級生で陳守男《ちんもりお》といい、今は銀行一階で窓口案内係をしている。そこから末廣通りを挟んでエレベーター前の京子が見える。京子が気付いて振り向くと、その銀行員は心躍らせて大きく手を振るそうだ。

「私の好みではないし、あんな猪八戒は嫌い」

ここは台南だが、京子と話をしていると水戸の姉といるようで楽しい。京子も弟とでも一緒にいるかのように気さくに語る。やはり京子は水戸の姉に似ている。一緒にいると軍隊の緊張感も取れ気持ちが安らぐ。京子を見つめて含み笑いを浮かべた。

「ここが武徳殿。私ここで剣道を習っているの」

台南武徳殿は内地のお城のような建物で、堂々として威厳がある。剣道、柔道、薙刀、柔剣道、古武術、弓道に励む軍人と警察官が稽古の場として日々武道に励んでいる。一部の民間にも開放されているようだ。

「今は出征した台湾人志願兵の、臨時宿泊所に使われているから、しばらく剣道の稽古もお休みね」

「ここで、剣道の李課長と薙刀の歌子先生が出会ったの。そして結婚したっていうわけね」

右手を大きく振り上げて、二本の指をこすって「パチッ」と鳴らした。大きな音が二人を温かく包み込む。入口の看板には、〈大日本武徳会〉、と、書いてあった。

正門の横には二宮尊徳が薪を背負った銅像がある。これは内地と同じだ。

「ほら、見てここにお地蔵さんがあるでしょう」

武徳殿の入口から数歩の所に、茂峰の膝ぐらいの背丈である、お地蔵さんが置かれている。赤い前掛けと帽子をつけて、武道に励む子供達が元気に育つよう見守っている。京子はお地蔵さんに一礼をすると、また自転車を押し始めた。

「あのお地蔵さんは、私が子供のころからあそこに置いてあるのよ」

楽しい、まるで水戸にいるような錯覚になる。今日の京子はずっと笑顔で健気だ。エレベーターガールの誰からも愛される笑顔とは全く違う。茂峰はそんな京子がとても可愛らしく感じた。

台南警察署を過ぎると、赤レンガ造りの台南州庁が見えてきた。左右対称の建物には小さめの窓が規則的に並ぶ。中央部には台湾総督府のような高塔はないが威厳のある建物だ。台南州庁の建物と並行して、歩道と車道が延び通行人も増えてきた。ここには帽子をかぶった男性が多いから多分日本人だろう。

台南州庁入口前で大理石の台座に立っている、第四代台湾総督児玉源太郎の銅像に一礼をし、真っ直ぐな下り坂を通り台南駅に着いた。

京子の家を出たと思ったら、もう台南駅に着いてしまった。茂峰は台南に転勤してから市街地を歩いたことはまだなかった。京子と一緒に、ちょっとした台南市内観光ができた。

「また林百貨店に来て。いつでも会えるから」

京子は、サッと自転車に乗ると、片手運転で何度も振り返り、手を振りながら、富士山を口ずさみ遠ざかって行った。

第7章

海軍精神注入棒

日本海軍は真珠湾、ミッドウェー海戦で優秀な戦闘機搭乗員を多数失い、前線では飛行兵が不足しだした。一九四三年になると、航空機搭乗員の大量育成のため、予科練習生入隊者を大幅に増員した。一九四四年、一月からは台南空でも南方諸島での戦局激化に伴い、急速に飛行兵の大量育成を行うものとして、乙種（特）飛行予科練習生（特乙飛）短期教育を行った。これに伴い台南空では練習航空隊を組織して、零式艦上戦闘機、艦上爆撃機、艦上攻撃機の教程が行われるようになった。これには十五歳、十六歳の、少年飛行練習生も入隊し、まだ幼い顔をした練習生が目立つようになった。その中には台湾人練習生の姿も見られた。

練習生は飛行訓練を経て少年飛行兵となり戦地に送られることになるが、実戦に役立つ戦力に達するには程遠かった。飛行時間が百時間にも満たない未熟な少年飛行兵を、練度充分な米軍飛行兵が一方的に撃墜するような事態となり、起死回生として翌年からは台湾にも神風特別攻撃隊新高隊が編成される。初陣が特攻となる少年飛行兵は、零戦に二百五十キロ爆弾を抱き、敵艦に体当たりをして次々と沖縄の海に散っていくことになる。

少年飛行練習生の入隊に伴い、台南空兵舎が狭くなり、茂峰は岡村、青木、高と同室で寝起きを共にした。この部屋では消灯ラッパが鳴り終わると、床に布団を敷いて四人が並んで寝る。そんなある晩、消灯後に寝始めると岡村が茂峰に話しかけた。

「小隊長には恋人がいますか？」

「どうした」

「ここの同期の少年飛行兵から聞いた話ですが、恋人の写真を身に着けて敵機を撃てば必ず勝つそうです……　でも、私には恋人がいません」

少し間をおいてからまた話し始める。

「小隊長の恋人はどんなお顔ですか？　写真があれば見せてください。顔を覚えてお借りしたいです」

茂峰は姉の写真を思い浮かべた。

「岡村、恋人がいないのなら……　岡村の幼馴染みでもいいだろう」

「隣家の鈴ちゃん、あんな泣き虫だと敵機に撃たれてしまいます」

岡村の隣で寝ている高が、何か寝言で誰かと話をしている。

「高平山の寝言は外国語です。何を話しているのか分かりません。寝るときは毎晩、母親が手作りした小さな人形を握って寝ています」

岡村が続けて話す。

「人形は出撃する飛行兵が機体にぶら提げるお守りです。ここの少年飛行練習生も大部分は持っています。高は今後編成される特攻を聞いて、熱烈に志願し分隊長に特攻志願書を提出しています」

特攻は人の命で人を殺す過酷な状況となる。幼い少年飛行兵にはその現実がまだ理解できていない。茂峰は寝床から起き上がると正座となり、高の手のひらに乗る人形を見た。窓から差し込む月明かりに照らされた、小さな人形の顔には黒い線が横に二本引かれている。

「顔に描かれた二本の線は何だろう？」

「これは、高砂族の習慣で顔に描く刺青です」

岡村は高の母親の顔に彫られた刺青を、はっきりと覚えている。

一年程前のことだった。

兵舎営門の内側に衛兵詰め所がある。岡村が近くを通ると門番の兵士と訪問者が言い争っていた。男性用の作業服のようなのを着てはいるが、相手は声からすると女性のようだ。

女性は堀の深い顔で、日焼けの濃い肌に鋭い目、太い眉、引き締まった体をし、顔には左右対称に細く黒い線が鼻元から耳元まで刺青されている。年齢は四十歳を過ぎた感じで、誰が見ても高砂族の女性だとわかる。岡村が門番の兵士に聞くと、その女性は霧社の富士温泉を昨日出て昼に台南駅に着き、そこから二時間かけて歩いて来たという。岡村はすぐこの女性は、高平山の母親であると気付いた。女性は高と名乗り、門番の兵士に息子との面会を求めている。兵士は規則で面会はできないと説明しているが、女性は涙を流して息子との面会を頼んでいる。それを聞いた岡村は母親を詰め所で待たせた。急いで、当時の少年飛行兵指導教官である鬼里飛曹長に事情を説明した。

「よし！　わかった。高の母親を食堂に案内して、お茶を一杯だしてやれ」

鬼里には何かいい案があるようだ。

「軍隊の規則は厳しく面会はできない。しかし、食堂の清掃をしている息子に偶然会うのは仕方がない」

それを聞き、岡村は走るとまず営門で待つ母親に伝えた。

「面会は無理そうですが、遠路より訪ねてきていただいたので兵舎をご案内します。まず高が毎日食べている食堂に案内します。お茶でも飲まれて休憩してください」

母親は岡村の手を握り、涙をぬぐいながら何度もうなずいた。食堂に案内し一杯のお茶を机に置くと、岡村はニッコリ笑って伝えた。

「ここから絶対離れないでください」

それから、駆け足で兵舎に戻り高を呼び出した。

「鬼里飛曹長より、高に食堂の清掃を命令された。急いで食堂に行き床掃除をしろ」

「今朝、甲板掃除をしたばかりだ……　またかよ」

高がふてくされて言う。

「文句を言うと、鬼里飛曹長から精神注入棒で尻をたたかれるぞ」

高は清掃用具を持って渋々と食堂に向かった。食堂の扉を開けると一番奥の椅子に座る母親を見つけた。

「母さん……」

母親はすぐ立ち上がって走りより、息子を強く抱きしめた。しばらくして岡村は鬼里より渡された饅頭《まんじゅう》を持って食堂に入った。

「これ、昼飯に出た残りの饅頭ですが、召し上がってください」

やっと息子に会えたのに、母親は両手で高の手を握り、泣いているばかりで話ができていない。母にすれば十七歳の高はまだ幼い子供だと思っている。

「高のお母さん、そんなに時間は取れません、話を早く済ませてください」

岡村は頭をガリガリと掻いて、言いにくそうに伝える。

気を取り直して、背負ってきた手編みの袋を取り出すと、中から千人針を引き出した。霧社に住む高砂族の女性がほぼ全員、白く長い布に一針ずつ縫って結び玉を千個作ってくれた。空中戦ではこれを腹巻などにして身に着ければ、弾にも当たらず無事に帰投することができる。

母の気持ちは、この戦争で絶対に死なないでほしい。

二人の会話は高砂族の母語となっている。高がいつも寝言で喋る外国語だ。背負ってきた袋の中から数種類の草薬が出てきた。幼いころから体が弱い高は、古くから高砂族に伝承される草薬で育ったそうだ。妹が作った高砂族のおやつだという干芋を一つもらって食べたが味がなかった。父親からの手紙もあった。

袋の奥から最後に出てきたのが、小さな母親の人形だった。よく見ると、その人形の顔にはここにいる母親と同じ刺青が描いてある。

母親の指が高の右手を開くと、そこに人形をそっと乗せて握らせた。人形を握った高の右手を包み込むようにして、母親の両手が力強く握りしめた。次第に母親の顔は歪みだし、眼からこぼれ落ちた大粒の涙は、両手で握りしめた隙間からはみ出た人形の顔にポタリと落ちた。

高は奥歯を噛み締め懸命に泣くのをこらえている。体が小刻みに震え出した。とうとう耐えきれずに、「母さん！」と大きな声を上げて母親にサッと抱き付いた。母親もしっかりと抱きとめた。強烈な親子愛に圧倒された岡村は、その場にいられずに扉を開けて廊下に飛び出した。

岡村は廊下の柱に寄りかかり、天井を見つめる。

「長野の母さん、いまごろ何をしているのかな……」

眼に溜まった涙がこぼれ落ちるのを、じっとこらえている。

少し経つと高が扉を開けて出て来た。

「岡村、すまないが母を営門まで送ってくれ」

それから高は、母親からもらった荷物を両手で抱きかかえると、兵舎に駆け足で去って行った。高砂族は強い自尊心で生きていると聞く。他の少年飛行兵に涙の姿を見られたくないのだろう。

食堂の扉を開けると、母親は椅子に座って窓から空を呆然と眺めていた。離れた滑走路からは零戦が飛び上がっていく。エンジン音に反応して窓ガラスが細かく振動する。

食堂の重たい空気が徐々に戻る。岡村は二つの饅頭を新聞紙に包むと空になった背負い袋に入れた。

「お母さん、営門まで送ります」

母親は黙って岡村の顔を見つめる。母親の眼には小さな涙が残っている。その顔からは岡村に対する感謝の気持ちが伝わってくる。

営門に着くと母親は丁寧に頭を下げた。岡村は直立不動となり敬礼をする。ゆっくり頭を上げた母親は、思い切り背伸びをして兵舎の方向をじっと見ている。もう高の姿はどこにも見えない。

諦めた母親は「ふっ」と息を小さく吐くと、軽く頭を下げ、来た道に振り向くとそのまま歩き出した。岡村は母親が今にも振り返ると思い、そこにとどまったが決して振り返ることもなく、真っ直ぐ歩き、風で揺れる砂糖キビ畑の道に消え去った。

青木が目を開けて天井を見つめている。ずっと岡村の話を静かに聞いていた。青木の目に溜まった涙が月明かりに青く反射している。

「小隊長、人形の顔に染みが残っているでしょう、これが母親の涙の跡です」

岡村が指をさす。筆で描いた人形の左目が薄くにじんでいる。人形も涙を溜めているように見えた。

岡村の話を聞いた茂峰はしばらく考えると。

「そんなに母親想いの高が、どうして熱烈に特攻隊を志願するのか？」

茂峰が問う。

青木が起き上がり、手のひらに乗る人形を見つめながら答える。それは、茂峰が台南空に着任する半年前の事件で、その日は少年飛行兵が岡村、青木、高平山、高橋、清水の五人と、台湾人練習生の葉盛吉《ようせいきち》が加わり、模型戦闘機を使った空中戦の討論中に喧嘩が始まった。

午前中は鬼里飛曹長が教官となり、模型戦闘機を使っての空中戦教育の座学で、午後からは零戦の飛行訓練実施の予定だった。

台南空の飛行練習生には台湾人の少年練習生が数人いて、この日は、台南一中を休学して入隊した練習生の葉盛吉も加わった。祖父は葉瑞西《ようずいせい》といい、初期の日本統治では台南嘉義県参事や塩水港の要職に就いた人物で、砂糖商人として財を成し屋根が八角形の邸宅、塩水八角楼に住んでいた。敷地内には一八九五年の駐屯記念として、昨年総督府により、伏見宮貞愛親王御遺跡塩水港御舎営所碑が建てられた。父の葉聡は帝国塩水港製糖株式会社で人事課長を務めている。京子の弟で学亮の入社試験では、面接担当をして採用を決めている。

台南一中は日本人生徒で、台南二中が台湾人生徒と区別されているが、葉は縁故入学により台南一中に入学し、日本人生徒と一緒に学ぶことができた。卒業の学年になって、幼年時代から大空に憧れていた夢が捨てきれず少年飛行兵志願を決意したが、それを両親に話せば反対される。内緒で入試手続きをとり台南空試験場で受験した。試験はまず身体検査から行われ、続いて色盲、乱視の検査、運動感覚、反射神経などの試験があり、葉はこれに合格した。最後は学科に知能試験と八十点以上が合格となり、合格率は百人に対して二人であった。日本人、台湾人の区別はなく実力本位であった。父は息子の合格通知に仰天し猛反対をしたが押し切られて入隊を許した。そのころ内地に向かう客船は、相次いで米潜水艦の魚雷を被って沈没し、葉は内地入隊とならずに丁度、台南空で始まった、飛行予科練習生（特乙飛）短期教育生となっている。この日は葉の希望で座学に参加している。

「お前らに言っておくが、いつ死ぬかは早いか遅いかだけで、死ぬことには変わりはない。どうせ死ぬなら敵機を多く道づれにして死ぬ。今日はこの戦法を俺が教えてやる」

鬼里は予科練の卒業生ではなく、佐世保海兵団に海軍四等水兵で入団し操縦練習生を卒業した。ずば抜けた操縦技術と理論的な戦法を持つ頭脳派であり、数々の激戦を生き抜いた撃墜王である。一九四二年六月五日の、日本海軍主力空母四隻を失ったミッドウェー海戦では、空母蒼龍の艦載機搭乗員として敵機との空中戦で被弾し左手小指を失った。気力、体力ともに抜群で、誰にも劣らぬ腕前と胆力をもっている。それにより台南空での、特乙飛短期予科練習生の飛行練習教官となっている。少年練習生からは親しみを込めて、鬼太郎と呼ばれ恐れられてもいる。今は高橋と清水を部下に持つ鬼里隊小隊長である。

「聞け！　左手に持つのが敵機、右手が世界一強い我らの零戦だ」

六人は鬼里が持つ模型飛行機に注目した。

「俺は最大の激戦地、ラバウルで戦った。最近、米軍が実戦配備した最新鋭の艦上戦闘機、Ｆ６Ｆヘルキャットは二千馬力で、零戦より倍の馬力がある。あっという間に目の前に現れる」

少年飛行兵が真剣に聞きだすと、鬼里はさらに声を張り上げて教鞭を執る。

「飛び上がったら、自分の全神経を集中して周囲を常に見回す。敵に見つかる前に発見するのが極意だ。発見したら敵の上に取って真上から一撃離脱する。真下の敵機を急降下で襲う。血圧が下がって気を失うから、奥歯を食いしばって目を開け！　敵操縦士の顔が見えるぐらいまで接近してから撃て。三二型零戦の二十ミリ弾数は左右翼に百発だ。無駄に撃つとすぐ弾切れとなる」

鬼里は水筒の水をグイグイ飲むと、少年飛行兵をゆっくり見回した。

「お前らは少ない飛行時間で未熟だから、気負って一対一の決闘はするな」

鬼里は両手に持つ模型飛行機を、立ったり座ったりと巧みに操り続ける。

「このように、敵機の後方上空から敵に気づかれない間に、一気に急降下し連射をする」

鬼里の声がますます大きくなっている。

「飛行技術で横滑り、機首が右や左にズレたままで飛んでいる。横移動で敵に進む経路をわかりにくくする戦法だ。それにより敵機の着弾から逃れられる」

全員の眼が輝きだし、体を乗り出して真剣に聞いている。

「次の戦法は、捻《ひね》り込み。技量の高い揺動戦法だ！　このように機体を捻り込み、そこから水平になって、敵機の後ろに回り込んで、後ろを取り攻撃をする。このときに失速しやすい。敵に機体の腹や背中を見せたら撃たれて弾が当たるぞ。また急降下中の速度が上がると零戦は空中分解してしまう。注意しろ！」

鬼里の声は、次第に音量が上がり、開けた扉から廊下に響いた。

「これでも勝負がつかないときは、戦に規則や反則なんてない、勝てばいい。敵機に体当たりだ！」

模型飛行機の敵機側面に零戦が勢いよく当たり、零戦のプロペラが折れて飛んだ。

鬼里の大声は分隊長室まで届いた。小林分隊長が扉まで来て覗いている。そして鬼里を呼び出すと分隊長室まで連れて行った。

鬼里がいなくなった教室では、模型飛行機を高と葉が手に取り、零戦と敵機とに分かれて、空中戦の模擬対決をし始めた。童心に戻った二人は部屋の端から端まで飛び跳ねて、エンジン音と機銃の発射音をまねて無邪気にはしゃぎ出した。青木が地上の対空機銃係となり、三つ巴の大混戦となっている。

それを横目で見ていた高橋が、不満そうに立ち上がり葉にキッパリと言った。

「葉盛吉、お前は漢民族の台湾人だから、中国機と空中戦が始まったら戦わずに逃げるだろう！」

高橋に続いて清水もいう。

「高平山は霧社事件で、親戚の大勢を日本兵に殺されたから、日本人に恨みを持っているだろう。だから中国機も米軍機も撃たない！」

「そうだ、葉も高も日本人じゃない！」

「葉には中国人の同胞を撃てない。高は日本人を恨んでいる」

岡村が立ち上がり、高橋と清水に向いた。

「二人の辛い気持ちをわかってやれ。俺たちは台南空の仲間だろう」

大きくうなずいて、青木も同情する。

「いや！　俺は裏切り者とは一緒に飛ばない！」

清水が高から、零戦の模型戦闘機をもぎ取って窓の外に投げた。

「このように、お前らは仲間を見捨てて逃げる卑怯者だ。表に出て拾って来い！」

これが原因で高が清水と高橋に殴りかかり、葉も加わって激しい殴り合いの喧嘩が始まった。すぐ岡村と青木が仲裁に入ったが、二人とも殴られ、しまいには六人で大乱闘となってしまった。

まもなく、騒動を聞きつけた鬼里が部屋に飛び込んできた。

鬼里は分隊長から、大声を注意されたらしくすでに機嫌が悪い。

「お前ら、何をしている。喧嘩なら俺が相手になってもいいぞ。ここに置いた模型飛行機がないがどこへ行った」

興奮した鬼里の頭からは湯気が立ち昇り、真赤な顔は今にも破裂しそうに見える。

「飛び立って、窓の外に着陸しました」

青木が直立不動となり答える。

「バカモン！　模型飛行機が空を飛ぶわけがない。お前らには大和魂が足りない」

結局六人全員で連帯責任を取らされた。


霞ケ浦航空隊予科練では十五名の班ごとに行動し、そこから脱落者が出た場合には、全員で連帯責任を取らされた。連帯責任では〈海軍精神注入棒〉と書かれた、硬い樫の木材を棒状にしたたたき棒を用いる。野球のバットより少し短い棒で、練習生は、後ろを向き、両手を挙げて尻を突き出す。教官はその棒を大きく振り上げて怒鳴る。

「辛いことに勝たなければ、敵には勝てぬ！」

尻をめがけて思いっきり力を込めたたく。たたかれた練習生は、尻から頭に雷が抜けるような衝撃が走る。この棒で精神を注入するので〈精神注入棒〉といい、たたくとバッターと音がするので、練習生からは〈バッター〉と呼ばれて恐れられている。

これは海軍の伝統的な精神鍛錬法とされている。この棒で鬼里から一人三回ずつたたかれ、全員が倒れて起き上がれなくなった。すると、鬼里は水が入った三杯のバケツを持ってきて、六人の頭からその水をぶっかけた。

それから、鬼里は直立不動の姿勢となり大声で語り始める。

「聞け！　大和魂の極意は、弱きを助け強きを挫《くじ》き、国を守る。国に残る女や子供の生命を守るために、お前ら少年飛行兵は命を惜しまず飛べ！　お前らにはその大和魂が必要だ。この精神を死んでも忘れるな、分かったか！」

この事件以来、高は日本軍人としての強い自尊心と、国を守る使命感が人一倍芽生え、特攻機に乗って華々しく敵艦に体当たりをして、戦死することを生きがいとし、特攻を熱烈に志願するようになった。

高平山は、霧社公学校を抜群の成績で卒業した。それを知った巡査補である父の日本人上司で、台中警察署巡査部長が親代わりとなり、台中市の自宅警察官舎に住まわせて、高等小学校に通わせた。十五歳で予科練に志願し難関を経て、土浦海軍航空隊予科練乙種練習生から、土浦海軍航空隊飛練へと進んだ。台南空では、乙種（特）飛行予科練の航空隊教育生課程が始まり、土浦海軍航空隊飛連から移籍し、短期育成によって今年二飛曹になっている。日本統治下の台湾では、日本人を内地人、高のような高砂族、それ以外は本島人と大別している。

清水に言われて腹を立てた霧社事件とは、高が卒業した霧社公学校で、一九三〇年十月二十七日、校庭で開催されようとした運動会に、山地の壮丁《そうてい》約三百人が襲い日本官民百三十四人を殺害した、台湾史上最大規模の抗日反乱事件が起った現場である。その後、日本軍によって鎮定されるが、高の祖父と叔父を含む親戚の多くは日本軍と戦い戦死した。叔母と親戚の婦女子は高砂族の誇りをもって、約百四十人が山中で集団自殺を図っている。これは高が三歳の頃に起きた事件であり、妹の出産で台中の警察病院にいた親子三人は事件には関わらなかった。

事件後は軍当局が工作した、高砂族に対しての徹底した奉国精神教育により、精神的に日本人になりきっている彼らは志願兵に応じた。

台湾での志願兵制度では、高砂族からの志願が特に多かった。一九四二年四月からの募集人員に志願者が多く応募し、翌年には志願者倍率が激しくなり、中には是非合格したいと血書嘆願する者や、まだ十五歳未満だが年齢をごまかす少年が相次いだ。欧米列強も植民地民族に対して志願兵を募集したが、この台湾のように熱狂的に応募した例は、世界戦史上かつてなかった。

葉は鬼里のバッターが尻を外れて腰にくらい一週間は動けなかった。父、葉聡が迎えに来て説得し、軍籍免除となり新営に戻った。その後は葉山達雄と改姓名をして、仙台市の第二高等学校に入学し、次に東京帝国大学医学部に進んだ。戦後は台湾大学医学部に編入し、卒業後はマラリア研究所に勤務する。そこで中国共産党思想に影響され入党した。

一九五〇年、蒋介石政権の赤狩りで党籍が露顕し、逮捕され銃殺処刑されることになる。

第8章

末廣社に咲く九重葛《ブーゲンビリア》

真夏の夕方、茂峰は台湾歩兵第二連隊からの帰りに林百貨店に寄った。水戸の姉から手紙が届いたので、それを京子に見せたかった。京子は一階エレベーター前にいて、後十五分で休憩となるから屋上で待つようにと告げた。

対空用重機関銃を格納してある六階と屋上へは、軍人と林百貨店の店員以外は立ち入り禁止となっている。この五階には眺望が人気のレストランがある。そこから六階の最上階には弾薬庫がある。六階への階段入口には警備の守衛所があり、そこには紳士服売り場の店員を定年退職した白髪の老守衛がいる。

林百貨店屋上には、末廣社という商売繁盛、産業発展を司る小さな神社がある。皇民化政策により台湾には神社が多いが、屋上に神社があるのはここの末廣社だけという。この神社は他にも恋愛成就の縁結びにも効果があるらしく、石造りの小さな鳥居には、鉢植えから伸びた細い枝が巻き付き、鮮やかな赤紫色の花があふれんばかりに咲いている。その枝に男女の名を書き込んだ、縁結びの絵馬が数個吊るされていた。

絵馬といっても板を削った簡単な手作りで、その中に一風変わった絵馬を見つけた。

〈お願い、剣道初段合格させろ　京子〉

これは京子が書いた絵馬に違いない。茂峰はニヤリと笑いその絵馬に触れてみた。絵馬には小さな鈴が結んであり、澄んだ音がした。休憩時間に入った京子は、老守衛に神社へ参拝だと伝えると、意味ありげな含み笑いで屋上を指差して言う。

「兵隊さんがお待ちだよ」

老守衛の低い声が聞こえる。京子は歩きながら右手を小さく振ると、そこから駆け足で屋上へと走った。


昼過ぎ、市街地には台南特有の猛烈な雨が降った。雨上がりの空にはつい先ほどまで、七色の大きな虹が、台南の端から端までかかっていた。雨水で冷やされた屋上には、涼しい風がゆっくりと通り過ぎていく。心地よい爽快感が漂う。

鳥居前で待つ茂峰を見つけると、京子は微笑みながら駆け寄り、加速して茂峰の右腕を両手でつかんだ。茂峰は思わず左腕を回して抱き止めた。京子の温もりを感じる。髪が揺れて、かすかに甘い香りが漂ってきた。

京子はつかんだ茂峰の腕を離しその手を両膝に置いた。息遣いが激しい。大きく息を吸い込んだ。

「ゴメン　遅くなって！」

息を吐きながら声を出す。やっと落ち着いたようだ。

「一階のお菓子売り場に寄って、友達の店員からお菓子をもらって階段で来たわ、一気に駆け上るのは何年ぶりかしら」

京子は半袖で、薄いブルーの上下制服に、同色の帽子を右下がりに乗せ、真っ赤なヘアピンで髪の毛に止めている。一階から階段を駆け上ってきたせいか、帽子が少し動いているようだ。薄く白い化粧にピンクの口紅を塗っている。制服の胸には銀色の台に和田京子と、真っ赤な文字が刻印された名札を付けている。橙色《だいだいいろ》の踵が低い靴を履き、細い腕を腰に置いて立っている。

全身が柔らかい夕陽に包まれ、さわやかな静止画像となって映る。京子は少年飛行兵が大切に持つスター写真のように、笑顔で茂峰に何かを問いかけているようだ。

茂峰は京子のやや挑発的な微笑に、なぜか胸のときめきを感じだした。

友達の店員からもらって来たという菓子を、制服のポケットから出した。

「このお菓子は林百貨店でしか販売してないの。女性に一番人気があるのよ」

白い紙に包まれた菓子は、黄色い小さな粒で口に入れると、甘くて酸っぱい不思議な味がした。台湾の女性はこんな菓子が好みのようだ。

「どう？　初恋の味ってみんなが言うわ」

京子は茂峰の顔を覗き込み微笑む。

台湾には甘い菓子が多いと聞く。文明人ほど砂糖を舐めると言われるが、もともと台湾では砂糖は高価で、一般庶民の口には入りにくかった。台湾に渡ってきた清朝期の役人が、砂糖を好んで買い求め、それを見ていた台湾の富裕層が砂糖を舐めて優越感に浸った。

このころ内地では、食品の西洋化で砂糖の消費量が急速に伸び、台湾総督府は砂糖キビ畑を開拓し栽培に成功した。製糖工場を建設し多額の補助金を出して製糖会社を優遇した。今や砂糖は台湾の一大産業となっている。その恩恵で林百貨店の菓子売り場には、甘い菓子の種類が豊富にそろっている。店内で一番忙しい売り場は菓子売り場だそうだ。

茂峰は胸のポケットから手紙を取り出して京子に差し出す。

「お姉さんからの手紙かしら。私が読んでもいいの？」

「京子さんの事が書いてある」

京子は大きく息を吸い、気持ちを落ち着かせて、それから声を出して読み始めた。手紙を読む声も姉に似ている。まるで姉が読んで聞かせているかのように錯覚する。


茂峰さん、いつも手紙をありがとう。元気な様子が目に浮かびます。父母も元気だから安心して。
一、慣れない水は飲みすぎないように。二、食事は残さないように。三、怪我には注意して。四、毎日、洗濯をして清潔にしなさい。五、喧嘩はダメです。六、手紙をくださいね。
それと、手紙に書いてある、エレベーターガールの和田京子さん。私にそっくりで、名前の漢字は違うけど、恭子と京子さんで読み方は一緒ですね。

茂峰の大切なお友達のようですね。心配をかけないようにしなさい。今は台南までは行けそうもないですが、いつか、そちらに行って京子さんにお会いしたいです……

読み終えた手紙を、封筒に入れ茂峰に戻した。

「水戸のお姉さんはどんな人なの？」

「とても心配症で、いつも注意書きばかりでいやになる」

手紙には、この戦争が終わったらと書きたいが、戦時下の手紙は全て軍における郵便検閲がされる関係で、〈いつか〉と書いてある。

「水戸で姉と京子さんが会ったらどうなるかな？」

しだいに台南の空が赤く染まり始め、低い夕陽が胸に付けた銀色の名札に反射している。京子がまぶしく純真可憐に映った。

「水戸から富士山は見えるの？　水戸はどんな街かしら？」

「富士山は零戦で上空からでないと見えないが、春は偕楽園に咲く梅の花が奇麗で、二月に姉と二人でお花見に行った」

偕楽園から護国神社に寄り、そこでお守りをもらった。そのお守りも姉の写真と一緒にいつも身に着けている。

「私も水戸へ行って梅の花を見たいな。梅の花って、この花のように一杯咲くのかしら？」

鳥居の横には小さな鉢が置いてあり、そこから伸びた細い枝が鳥居に幾重にも絡みつき、そこには鮮やかな赤紫色の、小さな花が隙間なく咲き誇っている。

さわやかな風に吹かれて、左右にリズムよく一斉に舞っている。

「こんなに鮮やかで、一杯咲く花は日本では見たことがない。この花の名前は何というの？」

京子は胸のポケットから鉛筆を取り出すと、黄色い菓子を包んできた白い紙に、その花の名を書きだした。ニッコリ笑うと、茂峰の顔にグッと接近して白い紙を見せる。

花の名前が書いてある。

「九重葛《ブーゲンビリア》、という名の花。台南ではどこにでも咲いているわ」

京子は咲き誇っている花の中から、一番、鮮やかな色の花びらを一枚抜くと、白い紙に包んでポケットに入れた。

「私、お姉さんに手紙を送りたいな」

京子はしばらく考えて、赤く染まりだした夕空を見上げ語り始めた。

「初めまして、台南の和田京子です。……手紙の書き出しはこれでいいかしら？」

京子は本気で手紙を書きたいようだ。

「手紙が書き上がったら、私の手紙と一緒に水戸に送る。軍の郵便には検閲があるが、切手はいらない無料だよ。

それに台南空から内地直行の航空便だから、速達みたいに早く届く」

「京子、頑張ってお姉さんへの手紙を書いてみる。書き上がったら見てくれる？　間違えたらお姉さんに恥ずかしいから」

茂峰は大きくうなずいた。二人は末廣社に向かって寄り添い肩を並べて、赤さを増した夕空を見上げ、それから顔を見合わせて微笑んだ。

エレベーターガールは来店客に合わせて、日本語と台湾語を使い分けて接客をする。京子はきれいな標準日本語を流暢に話し、日本語で手紙はもちろん書ける。林百貨店の台湾人店員のほとんどは日本語が上手い。店内案内放送は日本語で店内に流れる音楽も最新流行歌と、内地の百貨店と変わりはない。

京子は林百貨店に入社して七年目となる。最初は各階の売り場を転々としていたが、大東亜戦争開戦年の春に、前任者が結婚で寿退社をし、李課長の推薦もありエレベーターガールに就いた。
台南で唯一、エレベーターを備えた林百貨店には、遊園地の遊戯乗り物を楽しむかのように、週末のエレベーター前には長い行列ができる。十二人乗りのエレベーターは様々な客が利用するが、突然、見知らぬ婦人からお見合いを勧められ、相手の写真を見せられることも度々あるそうだ。エレベーターガールに憧れる少女から、ファンレターをもらうこともあった。この開戦の前年、台北市大稲埕《だいとうてい》の第一劇場に、内地の歌劇団がこぞって出演した。その歌と踊りの演目を観劇した少女達が、舞台裏に列をなして握手を求めたという。美しく華やかで優雅な気品溢れる歌劇団を、エレベーターガールが彷彿させている。

台南の空一面が真っ赤に染まり、鳥居に咲く赤紫色の九重葛はさらに赤さを増して、ゆっくりと風にゆれていた。

第9章

泣く子も黙る特別高等警察

九月初旬の晩遅くに、台北にいるはずの義夫が連絡もなく突然帰ってきた。父の徳順は夜勤で明朝帰宅する。義夫は一緒に廣田《ひろた》建隆《けんりゅう》と名乗る教師仲間を連れてきた。

廣田は、台北市役所に近い樺山国民学校の介助教師を経て、今は台北市大稲埕《だいとうてい》の太平国民学校で担任教師をしている。廣田は改姓名で本名は黄建隆という。樺山国民学校の生徒はほとんどが日本人で、総督府や市役所、台北州庁、法院等の行政関係各所に勤務する家庭の児童が多い。

廣田は京子が入れたお茶を一息で飲み干すと、ゆっくり語り始めた。

「僕も義夫君も国民学校の教師で、台湾の教育については、一視同仁を推進し台湾人は日本人とする一方で、台湾人が公学校で学び日本人学童の小学校には、特定な台湾人家族の児童しか入学できない制度に矛盾を感じていた」

義夫はうなずいて廣田の話を聞いている。京子には関心の薄い内容だが、話を聞くしかなかった。

「三年前から、公学校も小学校も国民学校に改められた。しかし実態はますます悲惨だ。クラスに優秀な生徒がいて、中学受験をしたが全て不合格だった。合格者は日本人ばかりで、それを校長に苦言したら、校長は日本人子弟なら八十点が合格ラインだが、台湾人は満点でないと難しい。しかも満点でも合格が許されるのは十人に一人だという。これはひどい差別だ！」

京子が卒業した末廣公学校は、三年前から末廣国民学校に改められているが、生徒は全て台湾人だった。教師の半分は日本人だったと思う。

担任で台湾人教師の王歌子は、内地の師範学校音楽科を卒業している。

「心に歌を、声高らかに歌えば、日本一素晴らしい大人になれる。今日も元気に歌いましょう」

たくさん歌を教えてもらい、毎日歌った楽しい思い出がある。

「男子は胸を張れ、女子は背筋を伸ばせ」

いつも、朝礼で校長先生から言われて育ってきた。

廣田は二杯目のお茶をまた一気に飲み干すと話を続けた。

「教師の給料にしても、我々台湾人教師は日本人教師と同じ労力なのに、日本人教師は四十円で台湾人教師は二十五円と安い。台湾人はダメで日本人は上等らしい。台湾総督府は皇民化教育のもとに、植民地の台湾を内地化し、同化政策により台湾人を日本人にさせ、ここを日本にしようとしている」

黙って聞いていた義夫が口を開いた。

「学校で日本語を習っても、学校外での友人や家族との会話では台湾語となる。さらに地域によっては客家《きやつか》語もある。高砂族は諸族間でバラバラだ。台北では日本人が暮らす城内と、台湾人が多く住む大稲埕と居住地域が分けられそれぞれの文化も違う。それを日本語のみ言語統一するのは非現実的だ！」

廣田が京子に向き問いかけた。

「義夫君から妹さんの話はよく聞いています。林百貨店のエレベーターガールだそうですね。今の意見を聞いていてどう感じますか？」

急に聞かれて面食らった京子には、まだ会話の内容がよく理解できていない。

「私にはよく分かりません。私の夢は内地に行って働きたいのですが、台湾人にとって日本人は悪いのですか、私にはそう思えないけれど」

義夫は廣田の言動に影響され、しだいに、穏健派教育改革運動に興味を持ち始めているように感じた。廣田は台北、台中、台南、高雄にいる台湾人教師仲間と一緒に、教育改革を提唱した運動を起こし、それが危険な反日分子として特高に監視され始めている。

穏健派教育改革運動では台湾人の教師が主体となり、農民運動や労働運動も重要な役割を占め、民族主義的要素の組織を目指している。これは過激な破壊行為をする武装闘争とは異なり、平和的な進歩を目指す運動とし、これを穏健派教育改革運動と称している。廣田は教育者の観点から、近代教育の在り方を示し、現教育を改革して台湾人は日本人とはならずに、台湾人のアイデンティティを目覚めさせ、若い教育者に自立を呼びかける運動を起こしている。

義夫は廣田の道案内で、高雄から自転車で台南の同志に会いに来たが、特高の監視が厳しく叶わなかった。翌朝、まだ暗いうちに二人は家を出て行った。

翌朝、京子が、出勤で玄関を出ると男が二人近付いてきた。台南警察を名乗って京子を呼び止めた。

「オイ、オンナ、廣田建隆が訪ねて来ただろう！」

京子は冷静に答える。

「そんな人、知りません」

京子は知らないと答えると、私服の男がいきなり京子の顔を拳で殴った。転倒した京子の胸元を掴んで引き起こすと、右腕をねじり上げた。

「痛い！」

口の中が切れ、唇から血が流れ落ち地面を赤く染めた。そして、京子は台南警察署に連行された。

ここは京子の通勤路にあるが、いつも前を通るだけで中に入ったことはない。警察署の玄関ホールは天井が高く、中央の広い階段は途中から左右に分かれ二階に続く。大きな窓からは警察の威厳を示すかのような、大地に力強く根を下ろす榕樹《ガジュマル》の大木が見える。階段を下りて地下室に連れていかれた。かび臭い小さな部屋は四方がコンクリート壁と圧迫感があり、天井からつるされた裸電球がゆれている。中央の小さな机を挟んで丸い椅子が置かれ、ドア側の椅子には私服の男が座っている。

男は、台北州庁警察部特別高等警察警部の有馬隼人と名乗った。特別高等警察〈特高〉は政治思想犯を専門に取り締まる。殴る蹴るなど強引な捜査方法には、泣く子も黙るほど恐れられていた。

黙って座っている京子に、有馬が机を左手で強くたたいた。狭い部屋に重い音が響き、ぶら下がっている電球がゆれた。

「オイ、コラ！　知っていることは全部喋れ！」

有馬は京子の髪をつかみ引っ張ると、顔を覗き込むようにして怒鳴る。殴られた頬が痛む。

京子は突然殴られ、驚きのあまり放心状態となり口もきけなかったが、今は気をしっかり取り直している。

有馬の鋭い目線が、京子の目を突き刺すように睨《にら》む。京子は有馬の目線をたたき返すかのように睨み返す。剣道初段の京子は日頃より厳しい稽古を積んで、根性は人並み以上だと自信がある。京子はゆれる電球を見つめながらさらに黙っている。

九月の地下室はとても蒸し暑い。熱を持った電球がさらに暑さを増している。有馬も暑いのだろう、上着を脱いで壁から突き出た釘に掛けた。夏なのに長袖のワイシャツを着て、右袖口はボタンで止めてある。よく見ると有馬には右手首がない。片腕の特高だ。

ズボンのベルトに挟んだ拳銃が見える。裸電球に照らされ、拳銃がキラキラと黒く光っている。

「私、何も知りません」

京子は知らないと繰り返す。

有馬の話では、この四月に台北でチフスが流行した。これは中国大陸から台湾に潜入した中国軍スパイの仕業で、抗日運動家の隠れ家を捜索すると、小瓶に入ったチフス菌が発見された。抗日運動家と中国軍特務機関が結託して、人民を巻き込んだテロを企てている。これを阻止するための一連の捜査だという。

廣田は穏健派教育改革運動の指導者であり、地下組織の破壊的過激な抗日運動家と繋がっている疑いがある。廣田を捕まえればそのテロ組織まで捜査が入れて、そこから芋づる式に台湾の抗日組織を抜き出し、壊滅に追い込める。

もう一人の男が来て、入り口で有馬と何かヒソヒソ話を始めた。京子が聞き耳を立てると、廣田を高雄で見たという情報が入ったようだ。廣田だけの単独行動のようで、一緒にいるはずの義夫の名は出てこない、義夫まではまだ捜査は及んでいないようだ。

話が終わると有馬は上着を取り、急いで部屋を出て行った。有馬と入れ替わりに入口から涼しい風が流れ込んでくる。警部補だという男が腕を組みながら京子に言う。

「オイ、オンナ、片腕の有馬警部を恐れない、女にしてはいい度胸をしているな」

脅しても何も話さない、京子の取り調べは一時間程度で終わった。警部補からは身元引受人がいないと、一人では帰宅はできないと言われた。その警部補からの電話で、上司の李が身元引受に来て京子は解放された。

林百貨店応接室に入ると、京子は昨夜、兄の義夫が廣田と名乗る教員仲間を連れてきたことを李に打ち明けた。

「京子君、金城少尉さんは召集される前は台北州庁の役人だったから、何か良い案があると思う。明日、相談してみよう」

「台南空の杉浦さんも呼んでください」

「金城少尉さんに伝える。早く医務室に行って治療をして、今日はもう帰りなさい」

翌日の午後、金城からの連絡で茂峰は林百貨店に向かった。李が屋上にいる金城に事情を説明し、金城が台南空に電話をして茂峰を呼び出した。茂峰と金城は応接室で李と会い昨日の出来事を詳しく聞いている。ドアをたたく音がして、京子がお茶を持って入ってきた。

特高の有馬に殴られた顔は青く腫れて、手足は痣《あざ》だらけで痛そうだ。お茶を置くと京子は声を出して床に泣き崩れた。李は京子を起こすと手を引いて椅子に座らせた。

「京子さん、大丈夫？」

茂峰は膝をついて京子の顔を見つめる。屋上で会った活発な京子と、今日の暗く沈んだ京子とは全く違う。

「茂峰さん、心配をかけてごめんなさい」

言い終わると、また声を上げて泣き始めた。それを見て茂峰は強烈な怒りが湧き、立ち上がり声を上げた。

「特高は京子さんをいきなり殴った。絶対許せない。私はこれから有馬に話を付けに行きます！」

「それはやめてください！」

京子も立ち上がりハッキリと答えた。茂峰に迷惑をかけたくない、素直な気持ちがすぐ言葉に出た。京子は一呼吸して椅子に座ると、何故か全身に体験したことのない、燃え上がるような熱さを感じ、それが安心感となって心地よく全身に広がり顔をほころばせた。茂峰に会えてよかった。

「こんな顔では、しばらくはエレベーターガールもできない」

李が諦めたように告げる。

金城は台北州庁総務課職員で召集されている。在職中は小学校や公学校の施設担当で、そこでは台湾人教師の穏健派教育改革運動を聞いたことはある。黙って聞いていた金城が口を開いた。

「自分の両親は沖縄からの移住者で、台湾には沖縄出身者が二万人もいる。琉球人と呼ばれて、沖縄出身者は内地出身者と学校でも職場でも差別されている。妻も台湾生まれの湾生で子供も台湾で生まれたから、我が家は全員が台湾人だ。この台湾は、かけがえのない故郷だ。母国は台湾で祖国が日本となるが、まだ祖国には行ったことはない」

金城には琉球人と差別されてきた不満がある。その不満は抗日的にもとられるが、教師と軍人とは立場は全く違う。義夫の不満は理解できる。

「このままでは、義夫君はいずれ特高に連行され、厳しく拷問されて台北監獄に送られることになる」

台湾での特高組織は強力で狙った獲物は絶対逃さない。陸軍憲兵隊より情報収集は一枚上だ。義夫までの捜査は時間の問題で、対応が遅れると取り返しのつかないことになる。

「何かいい手はありますか」

李が身を乗り出して問う。金城の提案は教師を休職して身を隠すのが一番いいとのことだった。

「台湾人特別志願兵で軍に入れば、特高といえども軍までは追えない」

金城は窓を開けタバコを大きく吸い込んだ。

「台南空にも台湾人少年飛行兵がいて、彼は死ぬことを生き甲斐としている十七歳です」

茂峰は高平山を思い浮かべている。

「でも、絶対に死なせたくない」

茂峰はいつもそう思っている。同化政策により台湾人は日本人となっているが、これは日本の戦争だ。台湾人まで犠牲になることはない。

金城はタバコを吸い終わると窓を閉めた。そして具体的な提案を話し始めた。

「台湾人志願兵は、まず台南の台湾歩兵第二連隊に入隊する。あそこなら京子さんもいつでも会える。自分は同じ隊の少尉だから、お兄さんの安全は自分が確保できる。本人が南方の戦地を志願しない限り、台南にいることになる。戦況が落ち着いたらまた教職に戻ればいい。その時は特高もお兄さんを忘れている。自分は召集される前は台北州庁職員だから、義夫君の国民学校教職復帰を以前の上司に相談できる」

京子は金城の提案を聞くと、ようやく笑顔を取り戻した。それを見て金城も李も安堵し微笑んだ。

茂峰が顔をしかめて急に立ち上がった。

「私は京子さんが心配だ！　特高が来たら知らせてください。もう絶対に許せない！」

京子は茂峰の情熱的な口調から、自分への強い好意を感じた。李は茂峰の態度から京子に対して特別な好意を持ち、京子はそれを愛だと素直に受け止めて、胸を高鳴らせているように見えた。李は二人の間に漂う新鮮な愛の芽生えを感じた。

京子は茂峰の眼をじっと見つめ、うっとりとしている。そして、気を取り直すと三人を見て微笑んだ。

「兄のことお願いします。私は兄にこの提案を伝えます」

京子の微笑みは、見るもの全ての気分を明るくする。京子には笑顔が一番似合っている。茂峰はホッとした気分になり、そんな京子をたまらなく愛おしく感じた。

金城が隊に戻り、義夫の志願兵入隊手続きを取った。無試験で入隊が決まった。終戦まで台湾人と高砂族の特別志願兵動員数は二十万人以上で、そのうち約三万人が戦死している。

台湾歩兵第二連隊から動かないはずだった義夫は、翌年三月にフィリピンに派兵された。そこではほとんどの台湾人特別志願兵が戦死している。そして、その七月に義夫もその一人となるのだった。

第10章

大稲埕《だいとうてい》に響く銃声

九月中旬、台北市大稲埕の夜空に、三発の乾いた銃声が轟いた。特高の有馬隼人は、大稲埕の第一劇場から出てきた廣田を確認し近寄った。

「オイ！　廣田建隆」

声をかける。

満月に照らされた顔は間違いなく廣田である。片腕の有馬は慌てて逃げようとする、廣田の右腕を掴み捩じり上げた。廣田はそれを振り払うと、太平国民学校の方向へ一気に走った。この辺りは台湾人の街で、入り組んだ細い路地が多いが廣田は詳しい。

廣田を狭い路地に追い詰めた有馬は、腰に隠し持っている拳銃を左手で抜き出し構えた。

「廣田、止まれ、止まらないと撃つぞ！」

有馬の怒鳴り声がすぐ後ろから聞こえる。陸軍憲兵は拳銃を携帯するが台湾人を撃たない。しかし、特高は何のためらいもなく引き金を引く。左手で百発百中と評判の有馬は必ず撃ってくる。この凶弾に倒れた日本人も台湾人もいると聞く。

パァン！

乾いた銃声が夜空に響き、閃光が廣田の頭上を駆けていく。弾丸は細い路地を照らす電柱の裸電球に命中した。電球のガラスが細かく砕け飛び散り、辺りは一瞬暗闇となった。

満月が暗黒の恐怖に変わった。

「出て来い、俺には見えるぞ！」

暗闇で撃ち合う訓練を受けている有馬には、廣田の姿がハッキリと見える。出たら撃ち殺される。廣田は体を有馬に向けて低くし、後ろ足からゆっくりと後ずさりをした。動きを感じた有馬は、その闇の中にいる廣田に銃口を向けると、連続して二発撃った。大稲埕の建物群に銃声がこだまし、複数の銃声音に聞こえた。

「うぅっ」

血が音を立てて噴き出した。廣田のうめき声と逃げ去る足音がした。有馬は撃った一発に手ごたえを感じている。廣田がいた路上には点々と血が付着し、その痕跡は逃げた方向を指している。しかしその姿は、夜の賑やかな大稲埕の人混みに消えてしまった。

有馬に撃たれた廣田は、二百メートル程離れた江山楼《こうざんろう》に逃げ込み治療を受けている。廣田が樺山小学校から担任教師となったのが太平公学校だった。五年生を受け持つ学級に、江山楼は呉女将の長男がいた。長男は登校拒否となり長期間欠席をした。廣田はその間、頻繁に家庭訪問をして、長男に遅れていた教育指導をしていた。廣田の熱意によって、長男は再登校をするようになり、今は東京の早稲田大学に進学し励んでいる。

有馬に撃たれて逃げた廣田は、江山楼に続く建物の裏口から入った。そこから家族棟に走り、今は空き部屋となった長男の部屋に逃げ込んだ。血に染まった廣田を見た女将は、すぐ仁安醫院《じんあんいいん》の外科医を密かに呼び治療を施した。有馬が撃ち放った一発の弾丸は右肩に留まった。弾丸を摘出し適切な処置で大事には至らず、そこに滞在し女将の世話で治療を続けている。

江山楼は四階建てのレンガ作りで豪華な建物だ。一九二三年に皇太子が行啓したとき、総督官邸にここの料理が運び込まれたことがある。ここは台湾一の旗亭《きてい》である。この江山楼周辺は娼妓街として知られ、付近には台湾人専用の娼家が多い。これらの娼家は公娼館を許可する市政府公告を得ている。総督府で利用する日本人専用の梅園や花屋では、客は全て日本人ばかりで、多くの日本人は城内から、江山楼周辺の大稲埕に足を踏み入れる事はない。ここは台湾人独自の文化発祥地でもあり、廣田にとっては絶好の隠れ場となった。

女将は長男の恩返しと世話をしてくれた。治療の成果か傷も日々回復した九月二十四日、和田義夫が訪ねてきた。女将が廣田に訪問を伝え通してもらった。高雄で別れてから半月ぶりの再会である。

「どうですか、傷の具合は？」

廣田は窓を開ける。夕陽が大稲埕を赤く染めだした。

「もう大丈夫だ。右腕は上がらないが手紙なら書ける」

「そこの、第一劇場の向かいにある龍生堂で、落雁《らくがん》を少しですが買ってきました」

「僕が和菓子の好きなのをよく覚えていたね」

「廣田先生は昭和町、明月堂の最中も好きでしたよね」

「屏東のあんこには適度な甘さがある。甘い菓子は元気のもとだ。龍生堂の長男とは太平公学校で同級生だった」

「それにしても特高は酷《ひど》いですね。この大稲埕のど真ん中で発砲とは」

「僕を撃ち殺すつもりで三発も撃ちやがった」

義夫は龍山国民学校で、今日の授業が終わると校長に休職届を出してきた。これから台南に向かい、明日は台湾歩兵第二連隊に台湾人志願兵として入隊する。

「台湾人志願兵となれば特高も手が出ません、しばらくは廣田先生とも会えないと思います」

一部の教師は、廣田が江山楼に潜んでいることを知っている。有馬もこの情報を掴み踏み込んでくるのは時間の問題だ。

廣田はこれから日が暮れて、大稲埕に派手なネオンが灯り夜の顔に変わったら、その人混みに紛れて九份《きゆうふん》に移ろうと決めていた。そこには、九份国民学校で教師をしている妹夫婦がいる。

「廣田先生、我々台湾人教師は日本語を台湾の国語として生徒に教え、皇国精神の下で内地との同化政策に加担し、一視同仁を教育目標にして、台湾人生徒たちに日本語の使用を推進してきました」

廣田は義夫の顔をじっと見て聞いている。

「しかし、多くの台湾人家庭では日本語は生活用語とはならず、それぞれの母語で生活をしています。日本語は商売で利益を得る手段とか、新聞や書籍から知識を得るとかだけに使われ、これでは内地との文化統合はかなり困難と思います」

大きくうなずき、廣田が何か不満げに語り出した。

「一八九五年、この台湾は日清講和条約によって日本に譲渡され統治が始まった。内地で集めた資金を台湾建設費用として使い、日本はそうとう無理をして台湾を近代化した」

義夫は穏健派教育改革運動家の意見としては、やや日本を肯定するような、奇妙な発言だと違和感を持った。廣田は思い出したように、ズボンの後ろポケットからタバコを出した。

「傷に悪いからタバコは吸わなかった。この一本を入れた場所を思い出したよ」

壁に体をあずけて大きく吸い込み、吐き出した煙が窓から出て、夕陽に赤く染まった。

「今や台湾人の民度は確実に上がった。知識を得た台湾人は主体性や独自性を認識し、民族の誇りを持ち始めている」

廣田は、もともと台湾人には、このアイデンティティの下地があり、日本教育によって、しだいに目覚めた自然現象だという。有馬らの特高はこの芽生えた台湾人のアイデンティティを危険思想と認識し、同化政策に対抗する抗日運動と決めつけ、早期に絶ち思想が拡大しないうちに破壊しようとしている。

「義夫君、今の台湾人児童教育に不足しているのは、アイデンティティだよ。台湾人は台湾人であることを自覚し、もっと民族の誇りを持つことだ」

廣田は喋りすぎたのか撃たれた箇所が痛むらしい。傷に左手を当てている。気を取りなおして口を開いた。

「台湾の文化を破壊し、日本の文化に同化させるのではなく、お互いの文化を認め合い、この台湾で共存し共栄する。文化の前には支配する側も支配される側も平等となる。これこそが、真の一視同仁だと思っている」

廣田は目を輝かせて、すっきりとした表情を見せた。

「台湾は日本の統治下にある。その中で台湾らしい台湾人の教育を実行する。日本の統治政策が成功するかどうかは、我々台湾人教師の、アイデンティティを維持できるかどうかにかかっている、台湾総督府はそれに気付いてほしい」

廣田は大稲埕で生まれ育っている。太平公学校では学年で一番優秀な成績だったが、父が運送業に失敗してからは、苦難の解消をアヘンに求め中毒患者となり、基隆は堀川町の陸軍病院に入院しそこで死んだ。その後、家庭は一段と貧しくなった。中学校への進学を諦めていたら、それを見かねた日本人校長が、自分の月給から学費を出し進学させてくれた。台北市では校長の月給は九十五円だが、その校長には三人の子供がいて、さらに廣田のように進学できない、貧しい家庭の子弟二人の学費を個人的に払っていた。

師範学校入学ではその校長が保証人となり、奨学金が支給されて卒業できた。師範学校を卒業した台湾人には、教師や警察官、医師などが多くいる。師範学校卒業後は、校長が樺山小学校の校長に転任したのに伴い、廣田は樺山小学校の介助教師として採用され勤務ができた。その後に太平公学校に転勤し担任教師となっている。

廣田らの教員による活動を、穏健派教育改革運動と呼ばれているが、地下組織の抗日運動家との繋がりは全くない。もちろん中国人スパイなども知らない。しかし、特高の有馬は廣田らの運動を危険分子と決めつけて廣田を追っている。

「廣田先生、私の妹が台南の林百貨店に勤務して、そこに関係している陸軍少尉の推薦で、特別志願兵に無試験で合格できました。今日、これから台南に戻り明日は台湾歩兵第二連隊に入隊します。台湾は日本の統治下だか、ここは台湾人の祖国であり、祖国防衛のために誇りを持って行きます。これは日本人と異なる台湾人のアイデンティティです」

廣田は義夫の手を握りしめ、眼をしっかりと見据えた。そして、興奮した口調でハッキリと言った。


「義夫君、我々教師が胸を張って、正々堂々と我らの祖国は台湾だと、生徒達に教えられる時が必ず来る。その時は共に教壇に立とう！」

「廣田先生、頑張りましょう。それまではお体を大切にしてください！」

「義夫君も戦地で、鉄砲玉に当たらないように祈っている！」

二人はお互いの眼を見て、両手を固く握りしめ再会を誓い合った。江山楼を出た義夫は、台北駅発定刻の汽車に急いだ。廣田はこの日の晩に大稲埕の人混みに紛れて九份に向かった。

翌年の農歴正月（二月）に、廣田は大稲埕に戻りそこで有馬に捕まり、台北北警察署の水牢に入れられた。特高の厳しい取り調べと拷問により体調を崩し、収監された台北監獄で三月に病死する。

終戦後の一九四六年農歴正月、大稲埕第一劇場裏の竹藪から、有馬隼人の死体が発見された。死因は撲殺。台湾人か日本人か自警団の仕業か、有馬に恨みを持つ者の犯行だが、すでに日本人警官の大多数は内地に戻り、無警察状態となっていた。日本敗戦の数日後には、台湾全土の刑務所から特高の拷問を受けた服役囚等が釈放されている。今度は逆に彼らから追われる立場となった。有馬は内地へ逃げ遅れ、大稲埕で何者かに殴り殺されることになる。

第11章

私も空へ連れてって

六月のマリアナ沖海戦では艦載機と搭乗員を多く失い惨敗した。日本海軍は苦境にたたされ、これから始まる米軍の本格的な台湾爆撃を前にして、台南空ではしだいに緊迫度が高まりだした。

十月一日、日曜日。茂峰は半日の外出を届けて林百貨店に向かった。京子と十二時に五階のエレベーター前で待ち合わせをしている。京子が勢いよく階段を駆け上がってきた。大きく息を吸い、呼吸を整えている。額の汗を手の甲でぬぐう。

「ゴメン、また遅れちゃった」

息を切らして苦しそうだ。でも嬉しそうに微笑んでいる。どうやら一階から五階までを一気に駆け上ってきたようだ。

前に聞いたが、仕事以外ではエレベーターを使わない。それがエレベーターガールの意地だそうだ。

京子と初めて林百貨店五階のレストランに入った。この日は遅番なので京子は私服でいる。白く丸い襟のブラウスに紺色のロングスカートで、ブラウスの襟にあしらわれた小さな二つのリボンが健気で可愛いらしい。白のブラウスに紺のスカートと上品に着こなしている。林百貨店では年二回、店員用に婦人服即売会があり、そこで内地の流行服を安く購入し、センス良く着回しを工夫して自由な洋装を楽しんでいる。今日の京子はとても愛らしい。

眺望が自慢の林百貨店五階レストランは人気があり、昼食時はいつも満席で賑わう。今日のような休日は客が長い列を作り待っている。先に京子はレストラン支配人に伝えて席を予約してあった。案内された席は林百貨店特徴の丸い窓が左横に見える、小さなテーブル席だった。窓からは向かいの銀行石柱に彫刻された、恵比寿神の顔がよく見える。その上には澄んだ青空が広がっている。

ウエイトレスがメニューを持ってきた。茂峰はカレーで京子はオムライスを注文した。ここではカレーもオムライスも人気で美味しいと聞く。ここのウエイトレスとは知り合いらしく、笑いながら何かを話している。京子はテーブルに置かれたコップの水を一口飲むと、コップに付いた口紅を白い紙で拭いた。紙に付いた口紅は鳥居に咲く九重葛の赤紫色だった。

「それ、屋上に咲く花の色だね」

「どう、似合うかしら。一階の化粧品売り場で探したの、日本製の口紅は色が豊富だわ」

「とても似合っている」

京子は嬉しそうに微笑んでいる。


「兄の事ではありがとう」

「お兄さん、無事に入隊できてよかった」

京子は笑顔から表情を一変させ、眼を輝かせて告げた。

「違うわ！　兄よりも私を心配してくれて、嬉しかった……」

京子の素直な気持ちが言葉に出た。茂峰も強い口調で素直な気持ちを返す。

「必ず、私が京子さんを守る！」

「え？」

強烈なインパクトに面食らった京子の頬はほんのりと赤らみ、顔を伏せて次の言葉を期待してじっとしている。周囲の雑音が耳に入らなくなり二人の間に沈黙が続く。

京子の心臓が高鳴り出した。茂峰の息遣いが荒くなり、顔を上下させて告白のタイミングに戸惑った表情を浮かべている。

勇気を出して、「京子さん、好きです」と、告げる瞬間。京子が伏せた顔を上げてニッコリ笑った。

「水戸のお姉さんにお手紙を書いたの」

お互いの当惑した雰囲気を京子が一変させた。

胸のポケットに挟んだ封筒を出した。

〈恭子お姉様へ　台南の京子から〉

京子は軍の郵便検閲で問題があると姉に迷惑をかけるので、問題ないか先に確認してほしいそうだ。封筒から手紙を抜き出して茂峰に渡す。

「手紙、読んでもいいの？」

「ええ、検閲でお姉さんにご迷惑をかけたくないから」

茂峰は手紙を開くと、表情をほころばせ声を出して読み始めた。

初めまして、台南の和田京子です。水戸の秋は紅葉で奇麗だそうですね。台南は夏です。街のあちこちには、異なった色の花が咲いています。

林百貨店の屋上には末廣社という小さな神社があって、鳥居には鮮やかな赤紫色の花が一杯咲いています。茂峰さんとは休憩時間に、そこでお菓子を食べました。

私の仕事は林百貨店のエレベーターガールです。五月の頃でした、偶然に茂峰さんと出逢いました。そこでいつも大切にされている、お姉様のお写真を見せていただきました。写真を拝見し、私とお姉様はよく似ていて、自分でも凄く驚きました。

私には茂峰さんと同じ歳の弟がいます。弟も優しくて茂峰さんと同じです。先日、私が卒業した国民学校の校庭で、元気一杯に歌う児童と一緒に、富士山を歌いました。

茂峰さんはお元気でおります。ご心配なく、お姉様もお元気でお過ごしください。

昭和十九年十月一日　和田京子

茂峰は読み終えると、ニッコリ笑って手紙を封筒に戻した。

「この内容なら軍の検閲は大丈夫だよ。ちょうど明日、台南空から郵便飛行機が内地に飛ぶ。姉にはもう来週中には届くよ。林百貨店の住所を書いて入れるから、姉からは林百貨店の京子さん宛ですぐ返事が届くはずだ」

「どんなお返事かな、楽しみだけども、京子……怖い！」

京子は子供のように、体を左右に動かしながら嬉しそうだ。

「あっ、そうだった、封筒にこれも入れておいて」

どこかで見たような、折りたたんだ白い紙を渡された。

「そうそう、今日は特別な贈り物があるの」

床に置いた林百貨店が描かれた紙袋を手にした。

「はい、どうぞ」

明るい声と笑顔で渡された。紙袋は大きいが、中には小さな人形がひとつ入っていた。

京子が家にある布の端くれを集めて、毎晩少しずつ手作りした人形で、それは手のひらに乗るほど小さかった。

よく見ると人形には、林百貨店エレベーターガールの制服が着せてある。小さな帽子もかぶっていて可愛い人形だ。

「この人形は私なの、ちゃんと名札もあるでしょう」

京子は得意げに話す。人形の左胸には〈京子〉と、細い紅い糸で刺繍された小さな名札が付けてある。

「お守り人形よ。台南空の飛行兵さんは、みなさん持っていると聞いたわ」

「とても可愛い、これ本当に京子さんだ」

「私が茂峰さんを守ってあげる。だから……私も空へ連れてって」

京子は丸い窓から見える空を指差し、微笑んでいる。

茂峰は人形をじっと見つめてから、その人形を手のひらに乗せると、目を細めてゆっくりと語り始めた。


「特攻隊員の中には、一七や一八歳の少年飛行兵も多く、彼らが乗る零戦に二百五十キロ爆弾を抱かせ、お母さんより渡された人形を握りしめて、人形を母親と思い強い勇気をもらい、一緒に敵空母に体当たりをするそうだ……」

この話を聞き終わると、京子は突然、サッと立ち上がった。

「嫌だ――」と、天井に向かって叫び、周囲に聞こえるような大声で泣き始めた。それから茂峰の眼を見て声を張り上げた。

「絶対、嫌、死なないで！」

泣き叫びながら苦しそうに、大きく息を吸い口を開けた。

「私を置いていかないで！」

店内の騒がしさは中断され静寂した。全員が立ち上がった京子に注目する。近くを通ったウエイトレスが駆け戻る。

「京子さん、どうしたの？」

京子の顔を覗き込み心配そうに聞く。

茂峰が立ち上って周囲を見渡す。立っている二人に全員の視線が集まる。レストランに緊張が張りつめた。横に立つウエイトレスが気まずそうに離れていく。

茂峰は両手で座るようにと、無理やり京子の肩を押す。それでもさらに大声で泣きながら立っている。困惑した表情で周囲を見回し、京子に向くと焦った息遣いで告げる。

「この戦争が終わったら、一緒に水戸へ帰ろう！」

京子の眼を見て断言した。京子はその告白を聞くと、嘘のようにピタッと泣き止み、手のひらで子供のように涙をふいた。体を前に乗り出して茂峰の顔を見上げる。

「本当……　京子、待ってる。一人にさせないで！」

客席に響く大きな声で返事をした。

そして京子はサッと座った。

客席からざわめきが聞こえ始め、また騒がしい店内に戻った。

京子の顔が火照り真剣な表情となった。

「絶対、連れてって、約束だから」

顔を傾けて茂峰を覗き込む。

「誓って！」

京子は右手の小指を伸ばした。茂峰も右手の小指を恐る恐る伸ばすと、京子の小指が伸ばした小指に絡んだ。

顔を接近させて、小さな声で歌い出す。

「指切り　げんまん　嘘ついたら針千本飲ます♪」

京子はさらに力を入れて絡んだ。痛い、でも嬉しい。

「もう、約束したからね！　ほら見て、この京子人形が証人よ」

京子はやっともとの笑顔に戻った。茂峰もつられて笑顔をまねる。小指だが京子の肌に触れるのは初めてだ。心が躍り心臓が高鳴った。

この成り行きを見ていた、隣の客席から突然拍手が沸き起こった。

高齢の台湾人夫婦のようだ。何度もうなずきながら嬉しそうに微笑んで、二人を見つめている。

京子に声を掛けたウエイトレスが、駆け足で厨房に戻り、そこにいる店員に、得意げに話し始めた。

「京子、結婚するって！」

それを聞きつけた他の店員と、厨房からコックも集まり出した。

「えっ、京子が結婚、あの飛行兵と」

フライパンを手にしたコックが言う。

「結婚するなら俺の方がいいと思うけど」

「あんたもう結婚したじゃない」

遅れて厨房から皿洗いの女性が駆け寄った。

「ついに私の番だわ、これで憧れのエレベーターガールになれる!」

天井を見上げて、嬉しそうに飛び跳ねている。

支配人が近寄った。

「三人の子持ちが、エレベーターガールになれるわけがない」

いじけて長靴の足音をたて厨房に戻る。

「サボらずに仕事……仕事。一番忙しい日曜の昼どきだぞ」

集まった店員達は口々に「京子には幸せになって欲しい」と言った。

京子が結婚するという話は、瞬く間に林百貨店の店員内に広まっていった。

第12章

少年飛行兵、友情と絆

十月八日、日曜日、京子とこの戦争が終わったら、水戸に連れて行く約束をした一週間後、京子の提案で台南空の少年飛行兵を、林百貨店が招待することになった。茂峰と京子が結婚するという話が広まり、そのお祝いも兼ねて李が賛成して具体化した。京子の店内案内と、昼食は五階のレストランでカレーを振舞う内容で社長決定となった。

招待客には台南空杉浦小隊の岡村、青木、高、それと鬼里小隊の高橋に清水の五人と、茂峰に鬼里だ。鬼里は急に腹痛が始まったので行けないと言うが、本当は修学旅行の引率者のようで苦手らしい。この日は午前中、林百貨店屋上で重機関銃の点検整備があり、九時に金城が台南空まで迎えに来てくれる。林百貨店までトラックで同行することになった。

少年飛行兵は朝から何かそわそわしている。朝食が済むと支度を整え、もう八時には営門で待ち始めた。茂峰が十分前に着くと全員から遅刻だと言われ、バッターでたたくと冷やかされる。九時丁度に金城がトラックを営門前に付けた。定刻到着。帝国陸軍は時間を厳守する。

トラックから金城分隊五名が飛び降りて一列横隊で整列した。それを見て少年飛行兵も向かい合い不動の姿勢となった。金城が数歩進んで止まるとサッと敬礼をする。

「台湾歩兵第二連隊、金城和夫少尉、林百貨店まで同行します」

「送迎のお心遣い、感謝します」

お互いの敬礼が済むと少年飛行兵はすぐトラックに飛び乗り、出発を今か今かと待っている。トラックは滑走路と砂糖キビ畑の間を快適に走る。茂峰は金城と助手席に乗っているが、後部席では金城の部下と少年飛行兵が楽しそうに会話をしている。通りかかるトラックを見て子供たちが手を振っている。

十月初旬の台南は、うだるような暑さもようやく収まり、街に咲く花も色変わりをしている。柔らかい風が新しく咲く花の匂いを優しく運んでいる。

トラックが林百貨店に到着した。金城隊は裏口に回り屋上に向かった。

林百貨店入口には、〈歓迎　台南空少年飛行兵御一行様〉と、書かれた看板が立ち、李と一階の店員が十名ほど整列していた。

「いらっしゃいませ」

歓迎の大きな声が心に響く。茂峰も少年飛行兵もこんな体験は初めてだ。

六人は整列して不動の姿勢となり、岡村の号令で敬礼をする。少年飛行兵は初めて入る百貨店に目をキョロキョロしている。エレベーター前には京子が待っていた。制服が衣替えし半袖から長袖に変わり、色も薄いブルーから濃いグレーになった。スカートも少し長くなったように見える。

京子は今までに見せたことのない、最高の笑顔で伝える。

「いらっしゃいませ。エレベーターガールの和田京子です」

京子は左手に持った小旗を、頭上でサッと広げて見せた。

〈台南空　少年飛行兵〉

今日の空と同じ薄いブルーの用紙に、黒文字で太く書いてある。その文字を囲むように、七名の似顔絵がクレヨンで描かれていた。飛行服に飛行帽でそれぞれの顔は表情が違う。その絵を見ると指をさしてざわめきだした。

「これは俺だ」

「お前はこっちだ」

「これは鬼太郎だ、すぐわかる」

「この、ニキビ顔は青木だ」

「これが杉浦小隊長だ」

「違います、杉浦さんはこれです」

京子が一番左の絵を指す。

「ずるい、小隊長だけネクタイを締めている」

林百貨店では、顧客で最もお得意先の訪問では、毎回このような旗を作って歓迎をするそうだ。今日の旗は京子が作り似顔絵も描いた。店内案内では先にエレベーターで四階まで上がり、各階を回って一階まで戻り、それから五階のレストランで昼食の予定となっている。

エレベーターの扉が開くと、少年飛行兵は恐る恐る片足を踏み出しそっと下ろした。急に沈黙となった。プロペラの回転で零戦は上昇するが、籠《かご》が上昇する原理が判らない。初めて乗るエレベーターに不安なようだ。京子がガラス張りの扉を閉めた。

「本日は林百貨店にお越しいただき、誠にありがとうございます。私、和田京子がご案内します」

京子の声がガラッと変わる。

「四階までまいります」

京子が昇降レバーを右に倒すと、「ガタッ」と、大きな音を立て上下に強い衝撃が加わった。

「うあ――」

青木が恐怖の悲鳴を上げて壁に張り付いた。

エレベーターはゆっくりと上昇し出した。

高橋と清水は手を繋いで小さく震えている。高は天井を見つめている。岡村は京子の顔をじっと見ている。

京子は緊張を和らげようと微笑みかけている。

四階の手前で昇降レバーをゆっくりと中心に戻した。

「ガタガタッ」

大きく揺れて、ピタリと四階に停止した。

「うあ――　落ちる！」

青木がまた声を上げた。高橋と清水がサッと青木にしがみついた。

扉を開けると一斉に飛び出し、少年飛行兵は降りた場所に座り込んでいる。

京子と茂峰は顔を見合わせて、吹き出しそうな笑いを堪えた。

「諸君、昼食には当店自慢の林カレーを用意しています。ご飯の御代わりは自由です。歩いて腹を減らしましょう」

京子の一言に全員がスッと立ち上がると、顔を見合わせて嬉しそうに微笑んだ。

京子は旗を左手に持ち先導し、その後ろを六人が付いて回る。

四階は家具に家庭用品、書籍と文具売り場となっている。この階で販売されている家庭用品は日本人客用の商品がほとんどで、生活様式が異なる台湾人が使用する家庭用品は少ない。少年飛行兵にはあまり関心がないようなので、階段を下りて三階の呉服と紳士服に靴、紳士雑貨、宝飾品、時計の店舗を回った。少年飛行兵の衣服は官給品なので、ここも興味は薄く反応がなかった。二階は婦人服、婦人靴とバッグや婦人雑貨と子供用品が売られている。茂峰は三階からまだ降りてこない。

少年飛行兵には一か月に、十五円から二十円が支給され、この日は全員が多少の現金を持ってきている。清水が母親にバッグを買ってあげたいと適当なのを探している。高橋が婦人靴を持ってきて京子に履いてくれと頼んでいる。

「私の姉は京子さんと大体同じ背丈です。京子さんが履ければ姉にも履けると思います」

「弟思いの、お姉さんに贈るのね」

「姉がいて次の兄は死産でした。名前がないと可哀想だからと、父が一郎と付けました。私は長男ですが名は二郎です。姉は死んだ兄の分まで可愛がってくれて大好きです。十四歳で予科練に入ってからは、三年間も姉には会えてないし、この革靴を買って次の正月には帰省して渡します。姉の喜ぶ顔が今の私には生き甲斐です」

「お姉さんの年齢は?」

「二十五歳です。去年結婚しましたが、旦那はこの六月にサイパンで戦死しました」

「悲しいことを聞いちゃったわ、ごめんなさいね」

「いいです。私は台南空にいたから顔も知りません」

「この靴はどうかしら、私が履いて丁度いいし、革靴は履いているうちに伸びるから、多少は大丈夫ね」

「この靴は床の灰色と同じ色だ」

「林百貨店の床は灰色と橙色《だいだいいろ》の市松模様で、私の靴は橙色だけど、この靴の灰色は落ち着いて奇麗よ」

「じゃー、これを買います。姉がこの靴を履く姿を早く見たいな……」

「待って、値段の交渉をしてくるから」

それから、林マークの包装紙に包まれた靴箱を抱えて、二人は一階に下りた。

一階は林百貨店で一番売り上げのある商品が置かれ、買い物客で混雑する忙しい売り場となっている。百貨店の入口付近が化粧品売り場、次に酒類と食品や内地の特産品、その奥が菓子売り場となっている。少年飛行兵には菓子売り場が人気で、菓子棚の横には試食用の菓子が置かれ、それをつまみながら楽しんでいる。全員が何種類かの菓子を買った。

ここの菓子売り場の女子店員に、〈愛ちゃん〉と呼ばれている、少年飛行兵と同年齢ぐらいで、髪を三つ編みにした丸顔の可愛い娘がいる。青木と岡村が話しかけ、愛ちゃんの日本語は京子ほど流暢ではないが、話す内容は理解しているようだ。

「愛ちゃん、お勧めのお菓子は？」

「かりんとう饅頭です」

青木の問いかけにニッコリと微笑み答える。

「台南黒糖を練り込んだ、甘さ控えめの饅頭を米油で揚げたの、台南では林百貨店でしか販売してないよ」

説明が済むと微笑んで二人をじっと見つめる。青木は試食品をつまんでいる。

「当店の一番人気、かりんとう饅頭、一個、五銭よ」

愛ちゃんが、片目をパチリと閉じてニッコリ微笑んだ。

「私は二個買います」

「私は三個買って、愛ちゃんに一個あげる」

青木と岡村が愛ちゃんとの会話を楽しんでいる。そこに高が割り込んで台湾語で話し始めた。青木と岡村は不公平だと高に告げる。普段だとここで喧嘩になるのだが、笑いながら高はその場を離れた。

高橋が靴の箱を抱えて化粧品売り場にいる。京子を呼んで口紅の色を見ている。母親に買ってあげたいそうだが、色が多すぎて何色を買えばいいのか迷っている。それを見た岡村、青木と清水が寄ってきて一緒に口紅を見ている。

内地では化粧品は贅沢品で一般店ではもう販売はしていない。京子が年齢に適した色を決めて、それぞれが一本の口紅を買った。高は母親に化商品は必要ないといって買わなかった。菓子も台南名産品も買っている。高橋は姉に革靴を買っている。清水が母親に革製の黒いショルダーバッグを買った。

「いまごろ、母さん何をしているかな……」

買ったバッグを見ながら清水がつぶやいた。眼には小さな涙が光っている。

高が二階から降りてきて、母親に背負い袋を買ってきた。今使っている背負い袋は手編だが、買った背負い袋は帆布生地で防水性が高く、耐久性も抜群に優れているそうだ。

「高のお母さんが喜ぶ顔が目に浮かぶよ」

岡村が、背負い袋を手に取ってうなずいている。

せっかくの買い物だが、これらの購入品は内地に送ることはできない。贅沢品として軍の検閲で没収されてしまう。

今度の正月にでも内地に戻るときのお土産にと、それまでは台南空で保管しておくと言う。家族には今日買ったお土産の内容を書いて正月まで楽しみに待つように、早速手紙で知らせるそうだ。

昼になった。少年飛行兵が一階エレベーター前に集合した。茂峰が何か買い物をしたようで、やっと三階から降りてきた。少年飛行兵はエレベーターから離れている。乗るのが苦手のような顔をしている。それを感じた京子が言う。

「諸君、五階まではエレベーターではなく、階段で競争しましょう」

そう告げると京子はさっさと靴を脱ぎ、裸足になって屈伸運動をし始めた。

「一番には、私がアイスクリームをご馳走するわ」

少年飛行兵はアイスクリームがどんな物か知らないが、京子の言葉に熱気を帯び、全員が裸足になって手に靴を持った。高は腰に挟んである手ぬぐいを取ると、ハチマキにして頭に巻いた。全員の眼が輝きだし闘争心が沸き上がった。京子が小旗を振り上げた。

「始め!」

京子が大きな声で号令を発し小旗を振り下ろした。狭い階段を七人が駆け上がる。先を走る高の背中を青木が引っ張った。清水が両手を広げて邪魔をする。

「ずるいぞ、反則だ」

階段に罵声《ばせい》が響く。

お互いに邪魔をしてふざけた競争となった。岡村が階段につまずき転んだ。それにつまずき高橋も転び、落とした靴箱を拾いに階下まで戻った。茂峰は一番最後から駆けていく。五階に到着した。結局一番は京子だった。

全員が激しく肩で息をしている。息遣いが荒く心臓が喉から飛び出しそうだ。腰に提げた手ぬぐいで汗をぬぐっている。しばらくして落ち着くと、全員が顔を見合わせて大声で笑い出した。京子も笑っている。

「これで腹ペコになったでしょう。レストランへどうぞ」

李がレストラン入口でずっと待っていたようだ。窓から街並みが見える広い席に案内された。窓の先は海方向に向きその途中には台南空がある。そこからは、蟻ぐらいに小さく見える戦闘機が飛んでいる。少年飛行兵は席に座らずに、あっちの窓、こっちの窓と異なる眼下の景色を眺め楽しんでいる。

カレーがテーブルに置かれた。ここで一番人気のハヤシカレーである。そこへ林トシ社長が歓迎の挨拶に来た。一九三二年十二月五日に開業したが、創業者で夫の林方一社長は開業五日前に病死し、ずっと妻のトシが一手に経営をてがけている。開戦の翌年には四人の息子を東京に戻していて、同年代の少年飛行兵に面影を感じ、京子が提案した招待案にはすぐ賛成してくれた。

少年飛行兵はサッと立ち上がり、岡村の号令でお辞儀の敬礼をした。

「少年飛行兵のみなさん林百貨店にようこそ。今日はここを内地と思って、少年に戻ってお楽しみください。お食事の後には私からアイスクリームをお出しいたします。ごゆっくりとどうぞ」

社長よりデザートにはアイスクリームが振舞われる。誰もまだアイスクリームを食べたことがない。どんな味で、どんな色や形なのか知らない。少年飛行兵は感謝を述べると、岡村の号令で深く頭を下げ、すぐ座りカレーを食べ始めた。

京子にはカレーはないが、茂峰の横に座ってじっと見つめている。

「こんなに美味しいカレーは初めてです」

高橋が京子の顔を見て嬉しそうに伝える。

「台南空の海軍カレーよりずっと美味い」

青木がニキビ顔にカレーをつけて喋る。食文化の異なる高にはカレーが辛いようで、汗を垂らして水ばかり飲んでいる。

岡村は長野県の山村育ちで、青木は千葉県の漁村で育った。鬼里の部下で高橋と清水も地方の田舎育ちと聞く。彼らの故郷にはエレベーターを備えるビルもなく、このような百貨店もない。それに比べると台南には近代建築物が多く、内地に劣らぬ大都会に映っている。

今日はまるで国民学校の遠足のようだ。全員が本来の少年に戻っている。彼らの喜ぶ笑顔を見ているとこのまま内地の親もとに、買ったお土産を持たせて帰らせてあげたいと茂峰は思った。彼らの親兄弟には会ったことはないが、元気なわが子の姿を見れば、きっと安心するだろう。ふと、茂峰の予科練入隊を猛烈に反対し、いつも心配ばかりしている姉の気持ちと、今の少年飛行兵を想う気持ちは同じではないのか、姉の気持ちがこの場でようやく理解できた感じがした。

「姉さん、水戸で今日も心配しているのかな……」

姉の顔が瞼に浮かんだ。

全員がカレーの御代わりをした。食後に初めて食べるアイスクリームが出された。清水が口を大きく開けて一口でパクリと食べた。動きがピタリと止まった。あまりの冷たさに体が凍ってしまったようだ。

「こんなに、冷たくて美味しいのが台湾にあった！」

楽しい食事が済んだ。

全員で金城が待つ屋上に向かった。先を行く少年飛行兵は食べ過ぎたのか、階段を登る足が重そうだ。京子は社員食堂で昼食を取り済んだら屋上に行くという。六階に通じる守衛所の前で、茂峰に歩み寄るといきなり手をつかんだ。

「これ、お姉さんに贈りもの。私と同じ色の口紅よ」

そう言うと小さな紙袋を渡した。茂峰はそれを軍服の右ポケットに入れると、左ポケットから小さな箱を取り出した。照れ隠しなのかぎこちなく笑い、うつむいてそれを京子の制服ポケットに押し込んだ。京子は両手を上げて唖然と茂峰を見つめている。

茂峰は後ろ向きに手を振って、階段を駆け上がって行った。

守衛所の窓が急に開いて、老守衛が顔を出した。

「おめでとう」

京子は突然の言葉に面食らったのか、軽く頭を下げて微笑むと、顔を伏せてそこから離れていった。

屋上には金城と五人の部下が待っていた。重機関銃の整備点検は午前中に済んでいるが倉庫に戻さず置いてある。少年飛行兵は金城から武器の説明と、実際に触れてみての体験指導を受けた。

林百貨店は台南銀座と呼ばれる一番の繁華街に位置する。ここでは実弾訓練はできず、実戦以外には発砲は困難である。迅速な行動が生死を分ける。常に何度も同じ訓練を積み実戦に備えている。少年飛行兵にもこのような訓練は欠かせないが、諸事情から飛行時間が少なすぎ、実戦に役立つ戦力に達するには程遠い。その分、熟練飛行兵の誘導と護衛が必要となる。

空中戦では少年飛行兵同士が協力して、互いを支え合うことも大切だ。まさに信頼と友情が太い絆となる。今日の林百貨店招待で少年飛行兵同士の仲間意識が高まり、強い連帯感が生まれ、実戦では成果が期待できそうだ。

「すみません、遅くなって。どこに並んで撮りますか？」

金城が偕行社写真班を呼んであった。海軍は水交社だが陸軍には偕行社がある。共に将校の親睦場ではあるが、各種軍装品の販売所を備えている。台南には水交社と偕行社もあり、台南偕行社は和洋折衷の建物が台南公園に面して建っている。ここの機関誌発行部員からの取材で、林百貨店重機関銃隊の写真を、陸軍偕行社の機関誌に載せるそうだ。カメラを担いだ偕行社写真班が、汗をふきながら三脚をたてている。そこに京子と李が上がってきた。二人を見ると少年飛行兵はサッと一列横隊となり、不動の姿勢となった。岡村が号令をかける。

「敬礼、今日はお世話になりました」

屋上に少年飛行兵の元気な声が響く。李と京子は微笑み力強く拍手を送る。それを見て屋上の全員が盛大な拍手を送った。

金城が屋上にいる全員で撮るという。

金城の部下が倉庫から椅子を持ってきて、末廣社を背景に全員が並んだ。鳥居には九重葛が豊富に咲き、絵葉書のような写真が撮れそうだ。一番前には重機関銃を置き、前列の中央に金城と茂峰が座り、左に金城の部下が立ち並び、右には少年飛行兵が並んだ。京子は茂峰の後ろに立ち、李は金城の後ろに立った。カメラマンがピントを合わせている間、少年飛行兵はそれぞれが勝手なポーズを取りはしゃいでいる。

茂峰は振り返って京子の顔を見上げた。

「京子さん、今日はありがとう」

京子はニッコリと微笑み、茂峰の肩にそっと左手を乗せた。薬指には金の指輪が輝いている。

茂峰はその指輪に触れると京子の眼を見て、つぶやくように言った。

「今度のお正月には、一緒に水戸へ行きたいな……」

京子は大きくうなずき、柔和な笑顔を浮かべた。

「機関誌偕行社記事の撮影です、全国の部隊に配布されますので、陸軍報道検閲の関係上、みなさん姿勢を正して、まじめにお願いします」

これを聞いて全員の表情に緊張感が走る。真剣な表情をカメラに送る。

「それでは、一、二、三で撮ります。では、一、二、」

二で、茂峰の後ろに立つ京子は、手にしていた台南空少年飛行兵の小旗を茂峰の頭上にサッと広げた。三でシャッター音が屋上に響いた。

残念ながら、この写真には陸軍検閲官、不許可の印が押されてしまった。

第13章 悲恋、台南沖空中戦

少年飛行兵が林百貨店で楽しんだ四日後の、十月十二日木曜日、朝七時。台南空の戦闘指揮所に偵察飛行隊から一報が入った。米軍戦闘機大編隊が台東を通過して、台南方面に向かっているという。台南市内には、街のあちこちから空襲警報のサイレンが唸《うな》り出した。

「敵機来襲、敵機来襲」

「第一警戒配備」

台南空に初めて、戦闘配備が発令された。

敵機の大編隊が迫っている。機銃弾の装備が完了した零戦から、離陸する迎撃体制が整えられた。

台南駅では米軍機の大編隊が、まもなく飛来し空襲の恐れがあるので、乗客はホーム下の地下連絡路にすぐ避難するよう放送を始めた。朝の時間帯は利用客が一番多く、台南駅はこの放送で大混乱となった。乗客の中には地下通路への避難ではなく、駅舎の二階に駆け上がり上空を見上げている者もいる。台南駅舎二階は鉄道レストランと、鉄道ホテルになっていて、そこからは市内上空が一望でき、これから始まる零戦と米軍機の空中戦を見上げようと、乗客が駆け上がってきた。そしてそこには、夜勤明けの京子の父、順徳の姿がある。二階に上がった乗客に放送員が告げる。

「二階は危険です。早く地下通路に避難するよう！」

駅員が何度も避難を呼びかける。駅舎待合所には逃げ惑う乗客で溢れている。改札上の丸い大時計は七時十分をさしていた。

上空には低く薄い雲が垂れ、台南空の滑走路に零戦のエンジン音が響く。飛行兵には決められた自機はなく、駆け足で空いている零戦に乗り込み、次々と敵機迎撃に離陸していく。茂峰は岡村、青木と高を滑走路に集合させた。杉浦小隊三人は整然と並び、すでに出撃準備は整っている。高は母親からもらった千人針を腹に巻いている。いずれもまだ十七歳の少年だが、普段は感じない凛々しさが見えた。

零戦の反対側に立つ鬼里小隊長は、腰のベルトに短刀を差し整列した高橋と清水、それに十六歳の少年飛行兵二人に命令を伝えている。鬼里小隊は五機で飛ぶ。鬼里のいつもより大きな声が聞こえる。

「よく聞け！　敵機が台東上空に迫った。あと、三十分ほどでここに飛来してくる。熟練搭乗員から離陸しているので、お前らは最後に飛ぶ。これからお前らには初めての空中戦だ。俺が先導するからしっかりついてこい、分かったか！」

「はい！」

「お前らは、誉れ高い大日本帝国海軍台南航空隊の飛行兵だ」

一瞬間をおいて、少年飛行兵の顔を見回す。全員が鬼里に注目する。

「命を惜しむな、名を惜しめ！　大和魂を忘れるな！」

「はいっ！」

「ゆくぞ、かかれ！」

茂峰もエンジン音にかき消されないようハッキリと伝える。

「命令！　杉浦小隊は三機で敵機せん滅に向かう。岡村と青木は飛べ、高平山は残れ、終わり！」

それを聞くと高が大声で迫る。

「小隊長！　なぜ飛べないのですか？　私は台湾人だからですか！　私は日本男児です！　誰にも負けない大和魂があります！」

睨《にら》んで見つめる高の肩に両手を置く。

「聞けっ！　高平山二飛曹これは命令だ。お前が乗る零戦はない、残れ！」

高の目からは涙が溢れている。歯を食いしばって悔しさに堪えた高は、手に握っていた母親の人形を茂峰に渡そうとした。

茂峰は胸ポケットに写真と一緒に入れてある、京子からもらった人形を出した。

「京子さんだ。一緒に空へ連れて行く」

笑顔で答える。

「本当に京子さんだ、そっくりだ」

人形を見た青木が驚いた顔で言う。それならと岡村が近寄る。

「高平山、その人形は俺が頂戴する。幼馴染の鈴ちゃんよりは、高の母親の方が強そうだ。戻ったら返す」

高の手から人形を掴み取り、落下傘縛帯の左胸に提げた。青木が胸のポケットから黄色く色褪せたブロマイドを取り出した。

「私の恋人で明日待子さんです」

岡村が覗き込むと、眼を輝かせて飛び跳ねた。

「ムーランルージュ新宿座の人気スターだ！」

青木は写真を右手に取って、みんなに見せるとすぐ元に戻した。四人とも向き合い声を出して笑った。作った笑顔ではなく、自然なスッキリとした笑顔を見せている。

それからお互いが直立不動となり、唇を結んで気を引き締めた。

「かかれ！」

茂峰の気合が入った号令がハッキリと聞こえる。

敬礼をし、三人は駆け足で零戦に向かった。京子人形も高の母親人形もゆれながら、零戦の操縦席に収まり、茂峰は操縦桿に京子人形を結び小さく敬礼をする。

「京子さん、共に空へ飛ぼう」

もう茂峰も岡村と青木も死への恐怖感はない。

その横を、鬼里が天蓋《てんがい》を開け短刀を抜き放ち、大きく振り回しながら滑走していく。

刀身がキラキラと光っている。

高はかぶっていた飛行帽を手に取っている。

「武運長久をお祈りします！」

大声で叫びながら、飛行帽を頭上で回した。茂峰の操縦席から高が見える。

「高平山二飛曹、お前は人一倍の操縦技量と誰にも劣らぬ胆力を持っている。しかし、お前の型破りな性格は味方機にも危険を及ぼす」

大きく息を吸い、ゆっくり吐くと高に向いた。

「特攻隊員として死ぬことを生き甲斐とするな。命ある限り戦え！」

茂峰が編隊離陸を始めた。朝の冷たい空気に情熱を感じた。岡村が後ろから滑走しその後ろに青木がつく。

高は飛行帽を大きく振りながら、滑走路を一緒に駆け足でついてくる。そして、その姿は急に小さくなって消えた。


台南空滑走路からは、続々と敵機を迎え撃つ零戦が飛び上がった。先頭の敵機が沖合上空に小さく見えている。地上の機関砲隊からは激しい対空砲火が始まり、その弾幕で海上一面に黒いカーテンがかかったようだ。先に飛び立った零戦はそこに全速力で向かっていく。

この日、台南沖に現れた敵機はF6F艦上戦闘機が四十機で、ヘルキャットと呼ばれ、零戦の最強ライバルとして、航空性能を向上させた新鋭グラマン機だ。台南空からの迎撃機数は、高雄航空隊と合わせて三十七機だった。いずれも旧式化が著しい零式艦上戦闘機である。ソロモン諸島や、南方の前線から戻された中古機もあり、戦闘での修理は済んではいるが、まだ調整中で零戦本来の機能を発揮できない機も多かった。

先に飛び立った零戦数機が、台南沖海上で敵機と激しい空中戦を始めた。台南空滑走路には、まだ半年にも満たない飛行練習を終えたばかりの、未熟な十六歳の少年飛行兵が二機、これから滑走を始めようとしている。先に上がった茂峰は敵機の襲撃を警戒して、滑走路上空の哨戒飛行についている。海上から敵二機がこちらに向かっている。岡村が上昇して、茂峰の横にピタリとついた。岡村の顔が見える、少し緊張しているようだ。続いて青木が並んだ。早い。短時間で上昇し三機が揃った。これで杉浦小隊は、編隊を組み滑走路上空に並んだ。さらにその五百メートル上空には、先に飛び立った鬼里が上空警戒についている。上昇中の高橋と清水はあと少しで鬼里機と並ぶ。

零戦の致命的欠陥は通信不能で、無線機は故障し内地からの部品供給が厳しく使えない。連絡用に小さな黒板とチョークを備えているが、見えにくくて役には立たない。接近して手を動かし手信号で指示を出す。

「頑張れ、気を抜くな！」

高橋と清水に手を振り檄《げき》を飛ばす。そして上空を飛ぶ鬼里に小さく敬礼をする。

「鬼里小隊長、少年飛行兵の援護は頼んだ。杉浦小隊は海上の敵機に向かう」

岡村と青木に見えるように、左人差し指で海を指す。

「ついてこい、離れるな！」

二人は茂峰に小さく答礼をする。

三機は機首を上げて台南沖の海上空戦場へ飛んだ。

茂峰と入れ替わりに、敵二機が滑走路上空に侵入した。上から隙を見て襲い掛かろうと、攻撃態勢に入っている。下には敵機に背を向けた不利な態勢で、離陸を開始したばかりの無防備な少年飛行兵がいるが、これでは絶好の標的となってしまう。それを見た敵二機が急降下を始めた。上空にいる鬼里の援護が出遅れた。火線の雨が見え、零戦に一撃離脱を始めた。少年飛行兵は次々と餌食にされ被弾して火を吹き、飛び上がったばかりの滑走路に二機がたたき落された。

鬼里は追尾追撃につくと間髪を入れずに連射し、被弾した敵機は真っ直ぐ滑走路に落ち、撃墜された零戦と並んで炎上している。

「どうだ、鬼太郎の登場だ！」

鬼里は少年飛行兵を撃墜した敵一機に決着をつけた。滑走路上空では、新たに侵入した敵機に高橋と清水が攻撃を仕掛けている。鬼里が迂回して上昇し援護に向かう。

「俺は列機を死んでも守る！」

鬼里の眼は輝き、上昇中から敵機の胴体に撃ちまくるが、まだ射程外で弾が右に外れる。旋回して回り込み敵の後方につきたい。敵の空戦機動は高そうだ。多分、敵は二千時間以上の実績を有す高練度飛行兵だろう。戦闘操縦技量は一枚上だ。これでは高橋と清水の二百時間程度の飛行では、後尾に付かれても振り切れない。二人が危ない。

茂峰、岡村、青木は、決戦場二千メートルの上空にいる。高度がなければ空中戦はできない。千メートル眼下では激しい空中戦闘が展開されている。茂峰は岡村と青木を横一列に並べると、敵一機に狙いを定めその敵機を指で示した。茂峰に続き二機が次々と急速急降下を始める。重力加速度が体に重くのしかかり苦しい。敵機はまだこちらの接近に気づいていない。青木が焦ってまだ射程圏外なのに撃ち始めた。

「撃つな……　まだ早い。落ち着け！」

茂峰が怒鳴り、風防をたたく。

射程内に入った。三機が一斉に連射し一撃離脱した。全弾的中した敵機は空中爆破して海に落ちていった。

編隊機動による共同撃墜は成功した。あとは列機離れずに戦果を上げる。

茂峰は上昇して仕切り直す。岡村と青木が離れた。真下では敵二機に挟まれて青木が苦戦している。離脱中に自ら敵編隊群の中に入り単機となった。

「青木、援護に向かう！」

青木の飛行時間はまだ短いが、基本的な戦法は教えてある。しかし、敵機の空中戦機動は高く力の差は歴然としている。これでは青木が危ない。

「敵機が後ろに回った。振り切れ！」

青木が零戦の方向舵を巧みに操作し、横方向にずれて飛び始めた。敵の射撃を必死に回避している。

高難度戦法の〈横滑り〉だ。どこで覚えたのか、茂峰は興奮する。

「青木！くじけずに、踏ん張れ！」

茂峰は急降下し、青木の機尾に食い付いている敵機に狙いをつけると、その後方三十メートルまで迫り、機尾にピタリとついた。前方の敵機が空を切り裂く後流により、風が機体をガタガタとゆらす。操縦桿に結んだ京子人形も激しくゆれている。奇襲攻撃に気付いた敵機は、右に急旋回して回避する。茂峰の奇襲から逃れた相手はかなりの腕前だ。あなどれない。

「青木！　今だ、離脱しろ！」

茂峰もすぐ旋回して敵機の後尾を捉えた。茂峰は身体能力にも優れ、敵機が右に旋回すればこちらも右と、逃げ回る敵機に同じ動きでピタリとついている。これでは相手は逃げきれない。敵機を射線に捉えた瞬間、七・七ミリ機関銃を連続して撃った。弾は無駄には撃てない。青木のように興奮して無駄弾を撃つと残弾がもたない。弾は当たっているが防弾装備が強固な機体に有効弾が入らない。

敵機は回り込んで後ろに入ろうと宙返りを始めた。茂峰は旋回半径が小さい零戦の特性を生かし、小さく宙返りをして後を追う。操縦席天井の風防から敵飛行兵の顔が見え、お互いに首を回して顔を見合いながら一回転した。京子人形も機体と一緒に空中回転をする。茂峰はすばやく敵機後ろに入ると連続して撃った。全弾命中。敵機は機首を下げ黒い煙の線を引き海に落ちていく。やがて海面に白い波が上がり海に沈んだ。

茂峰はまだ低い太陽を背にしている。有利な位置から次の攻撃に移れる。何度も周囲を警戒する。前方に敵機を発見した。太陽を背にして隠れている茂峰に、敵機はまだ気付かない。射程圏に入った。まだ撃たない。距離が三十メートルまで迫った。敵機は太陽の中から飛び出してきた零戦に驚いたようだ。口を開けた飛行兵が茂峰の顔を見ている。このすれ違いざまに撃った。体が硬直し心臓の音が聞こえる。

ダッダッダッ、カンカンカン、ダッダッダッ！

三発の弾丸が機体に食い込む鈍い金属音がした。この射撃が一秒遅れたら全弾が空に吸い込まれている。ここは左に捻り込み旋回し、後ろを取って追い詰め撃ち落とすのだが、目線を前方に向けると台南空上空が混戦している。少年飛行兵が心配だ。茂峰は追撃を諦め台南空滑走路に向かう。

空中戦では先に敵を見つけて、敵機の上方から急降下をして一撃離脱を繰り返す。発見される前に敵機を発見する。しかし、新鋭F6Fは頑丈な機体と二千馬力級エンジンで、その性能は零戦を上回っている。米軍戦闘機の進歩発達によって、戦法が全く異なってきた。

まだ上空にいると思った敵機が、一瞬で岡村の後方に回り込んだ。機尾に食いつかれ機銃連射される。岡村は機首を左右に振り敵機からの射線をそらした。隙をみて反転し、相手の機尾から攻撃をかけたい。横殴りに降る弾丸の中、回避を繰り返すが、このままでは撃ち落とされる。その時、右前方上空より青木が急接近して、岡村の機尾についた敵機に向けて連射し続けた。後方敵機は青木の連射に耐え切れず離脱し、再度仕切り直そうと下に回避した。

「青木が助けてくれた。ありがとう」

岡村は離れて行く青木に向かって小さく敬礼をする。それから、零戦の腰を捻って機体を裏返しにして、下に回避した敵機を確認した。青木が放った弾丸は命中したのか不明だが助かった。機体が急降下している。平衡感覚が変だ。海面が朝陽に反射し眩しい、このままでは海に吸い込まれそうだ。急いで操縦桿を引いて墜落を回避した。

茂峰は上昇して岡村と青木を探した。青木が追いつき右横に並んだ。青木の顔が見える。手まねで何か伝えたいようだ。どうやら機銃弾が底をつき弾切れのようだ。射程圏外から撃ちっぱなしではすぐになくなる。弾が無ければ空中戦はできない。青木に滑走路の方向を指差し、台南空に帰投して機銃弾を補充しまた上がって来いと伝えた。青木は理解したようで小さく答礼をし、滑走路に向けて機首を下げ始めた。

敵機の追撃から逃れた岡村は、前方に見える茂峰の後を追った。岡村は後尾より機銃連射され何発か被弾している。操縦席に燃料の匂いが漂いだした。

「まずい、タンクを撃たれた、燃料が漏れている……」

零戦は運動性能が高く、攻撃一辺倒の戦闘機だが、燃料タンクへの防弾防御が無い。弾丸を浴びると燃えやすく、まるでライターのようにすぐ火が付く。幸い燃料タンクからの炎上はない。火を引く曳光弾に被弾したらすぐ炎上していただろう。このままでは燃料切れで落ちる。機首を台南空滑走路に向け青木の後を追った。

「台南空に帰投する」

滑走路には撃墜された少年飛行兵の零戦が二機と、鬼里が撃ち落とした敵機が黒い煙を上げて炎上している。青木は着陸を邪魔する残骸を避けてなんとか降りた。こんな滑走路では、機銃弾を補充してからの離陸は無理でもう飛べない。茂峰は滑走路上空を旋回して青木の着陸を確認した。

「青木信輔二飛曹、よく頑張った、もう上がってくるな！」

青木に小さく敬礼を送る。左翼から滑走路に向けて下降する岡村機を発見した。

「岡村、どうした、飛行が乱れている。撃たれたのか？」

後方から漏れた燃料が、白い線となり長く引いて飛んでいる。

「青木は着陸した、この機もすぐ着陸だ」

岡村は計器盤の燃料残量計を見ている。すでに燃料は空になっているのに、まだプロペラが回っているのが不思議だ。滑走路がすぐそこに見えている。着陸してもこの零戦はもう飛べない。

かなり上空から岡村を押さえていた敵機が、連射しながら急降下をして離脱した。

全弾を浴び、岡村機の右翼が胴体より引きちぎられゆっくり離れて行く。零戦は錐《きり》もみとなり、長い炎を引きながら何度もクルクルと回転している。それから滑走路にたたきつけられ爆発した。

滑走路に着陸し停止した青木は、整備兵に機銃弾の補充を指示する。高が駆け足で青木に向かう。

「青木、岡村がやられた、そこの滑走路にたたき落とされた！」

高が滑走路で炎上する零戦を指差す。

「整備兵、早く機銃弾を補充しろ！　すぐ奴を追う！」

青木が整備兵を怒鳴る。操縦席から降りてこない青木に、高が大声で伝える。

「小林分隊長が呼んでいる、早く行け！」

それを聞くと零戦から飛び降り、そこから駆け足で分隊長まで行く。

零戦は機銃弾補充が済み、プロペラは調子よく回転している。

「分隊長、青木信輔二飛曹、機銃弾補充で帰投しました！」

その時、青木が操縦していた零戦が静かに滑走を始めた。

「お前の零戦を操縦しているのは誰だ！」

分隊長の問いに零戦を見る。高の顔が見える。爪をむき出し、翼を広げて獲物を捕らえに襲い掛かる若鷲に映った。

「あれは……　高平山二飛曹であります。私は……　私は足に被弾し操縦不能で高に代理を命じました」

青木は分隊長まで駆け足で来たが、とっさに言い訳が口に出てしまった。

「バカモン！　お前は高に命令を出す立場ではない、軍規違反だ！　しかし、滑走路で炎上する零戦の残骸を、巧みにかわして滑走している」

高は岡村の墜落炎上を目の前で見ている。すぐ飛んで撃ち落としてやりたい。操縦席に乗り込むと、手順よく計器確認をして滑走を始めた。

天蓋を開け首に巻いた千人針の布が、風を受けてバタバタとたなびいている。そして、若鷲はついに大空へと舞い上がった。

台南駅前広場では、付近の住民が次第に集まり、頭上で繰り広げられる空中戦を見上げている。この日は台湾で最初の空襲であり、群衆は初めての空中戦を興味深く眺めている。

地上より千メートル、二千メートルと、離れた上空での空中戦で、駅前広場が危険であることの実感がまだない。頭上では米軍機が撃った曳光弾が長い光の線を引き、火線の雨となり次々と大空に降っている。しばらくしてから聞こえる発砲音は、まるで朝の空に打ち上げられた花火とでも思っているようだ。

駅前広場には、声援や拍手があちこちから聞こえだした。台湾人も日本人も大空で繰り広げられる空中戦を観望し始めた。

駅前派出所の巡査数名が集まった群衆の中に入り、笛を鳴らして避難を呼びかけている。

「ここは危険だ、駅舎に避難しろ！」

「流れ弾に当たるぞ、家に帰れ！」

「早く避難しろ！」

駅舎二階のレストランでも、黒山の人だかりができている。

「敵機が右から来たぞ、上を見ろ、回り込んでそこだ、撃て！」

まるで自分が零戦を操縦しているかのように叫ぶ。その男が興奮のあまり前にいる男の頭をたたいてしまった。それで喧嘩が始まり子供が泣き出した。

駅舎二階や駅前広場でも、果敢に戦う零戦に盛大な拍手と歓声が沸き起こっている。

「いいぞ、その調子だ」

「油断するな！」

「頑張れ台南空、頑張れ台南空♪」あちこちから応援歌が聞こえてくる。

台湾人の巡査補が台湾語で叫んでいる。

「お前たち死にたいのか！」

「帰れ、家に帰れ！」

駅舎放送が大音量で怒鳴っている。

「すぐ、地下通路へ避難しろ！」

「ここは危険だから地下に避難しろ！」

興奮した駅舎放送係が、とうとう怒鳴り出した。

「お前ら、死にたいのか！」

しかし、駅舎二階のレストランとホテル客室に集まった人々は、一向に動こうとはせず食い入るように空を見つめる。

駅前広場の群衆はますます熱気を帯びてきた。広場にどよめきが起こった。台湾人もいる、日本人もいる迷子も出ている。空中戦で零戦が有利になると、広場に大きな拍手が響く。

「さすが、台南空は強いな」

「当たり前だ、俺も明日、台南空少年飛行兵に志願しに行く」

着物を着た五十歳ぐらいの日本人男性が誇らしげに言う。

駅前の雑貨屋が桶にラムネを入れて担ぎ、売りに回りだした。

「甘いラムネ、一本五銭だよ、ラムネ、ラムネ」

巡査が駆け寄り販売員の頭をたたく。

黒い砂糖キビを短く棒状に切り、茎を噛んで甘い汁を吸っていた男が、興奮して米軍機に向けてそれを投げつけた。砂糖キビ棒は大きな円を描き落下して巡査の顔に当たった。巡査が駆けつけて、腰に吊るしたサーベルを抜いて怒鳴っている。

この広場では朝の涼しい風は熱風に変わり、上空も地上もかなり熱くなっている。雑貨屋の隣に建つ写真館の玄関では、家族がガラス乾板を持ち出し、サングラスの代わりに、黒いガラス乾板を通して空中戦を眺めている。その横を通った豆腐売りが自転車を止めて、豆腐屋のラッパを激しく吹き鳴らして応援をする。巡査は笛を連続して吹き警告する。

これは内地では、絶対に見ることのできない光景だろう。

—ここは熱帯、熱と光の台南なのだ—

上空から米軍機が撃った流れ弾が、駅舎前に高く伸びた大王ヤシの根元に当たり、ゆっくりと大きな音を立てて男性の前に倒れた。

「バカヤロー、気をつけろ！」

農民傘をかぶった台湾人が、その米軍機に向かって唾をピュッと飛ばす。

駅前広場に飛んできた流れ弾は、石畳に弾き飛ばされて群衆の頭上に降ってくる。

巡査が叫ぶ。

「早く駅舎に逃げろ、逃げろ！」

「ここにいると撃ち殺されるぞ！」

「弾に当たらないうちに、避難しろ！」

駅前広場の群衆はこれでやっと危険を察知し、一斉に駅舎待合室へどっと雪崩れ込んだ。つい先ほどまで、群衆で騒がしかった駅前広場には人影がなくなり、こんどは駅舎待合室が大混乱となった。人であふれた駅舎の窓ガラスには、幾重にも顔が張りつき、そこから空中戦を観望していた。

激しい空中戦が台南沖上空と、市街地上空との二カ所で続いている。

地上では林百貨店屋上に設置してある対空重機関銃が、低空から侵入する敵機に向けて射撃を始めている。低空からの敵機に対して重機関銃はその威力を発揮する。

重い重機関銃の三脚を四人で持ち上げ、敵機の侵入コースに合わせて屋上を移動し銃口を向ける。弾薬箱から保弾板を引き出して補充する。射手が金城の号令を待っている。

金城は腰に吊るした軍刀を抜き指揮を執る。刀身が朝陽を反射させ青く冷たく光っている。敵一機が低空で消防署方面から林百貨店上空を通過しようと侵入してくる。日頃の訓練通りの飛来コースだ。何度も訓練をしている絶対に逃さない。

素早く敵機に銃口を向ける。まだ早い、十分に引き付けてから撃たないと効果はない。

金城は抜いた軍刀の剣先を敵機に向け、大声で号令をかけた

「撃て！」

射手は射撃を開始した。連続した機銃音が屋上に響く。頭上を敵機が通過しその機体に連続弾を浴びせた。弾が機体に食い込む鈍い音が聞こえる。被弾した敵機はすぐ炎上し、黒い煙を引きながら遠ざかっていく。

金城と部下はその敵機をじっと見ている。そこに次の敵機が機銃掃射をしながら林百貨店屋上を通過した。屋上に銃弾が降りそそぎ、コンクリート壁に弾が当たり跳ね返る。鳥居に咲く九重葛が銃弾に切り裂かれ、屋上に高く舞い上がり床に散らばる。そして、そこには金城と部下五人の、血にまみれた死体が重なっていた。

その敵機が上昇しだすと、そこに鬼里機が斜め上空より急降下する。

「鬼太郎の必殺技、体当たりだ！」

口に短刀をくわえ、眼を大きく開いて敵機側面に体当たりをした。二機がぶつかり合う大きな爆発音がして、煙を引きながら砂糖キビ畑に向かって二機は落ちて行った。

滑走路上空を哨戒飛行中、鬼里の目前で少年飛行兵が操縦する二機が、離陸上昇途中で撃墜されている。鬼里小隊の高橋と清水は、滑走路上空での空中戦で撃墜されてしまった。彼らと敵機との戦闘機操縦技能が圧倒的に違いすぎる。清水は上空の敵機が接近すると、すぐ後尾につかれてしまった。振り切っても回避ができない。射線に捉えられて、有効弾が次々と命中し火を吹くと翼が吹っ飛び、錐もみとなって砂糖キビ畑にたたきつけられ、大きな爆発音とともに炎上した。

高橋はその敵機後方を素早く取ると追撃し連射した。数発は被弾させて、薄い煙を吐いたまま回避され遠ざかった。別のもう一機が前方より高橋に接近し連射した。数発の銃弾が操縦席前の風防ガラスを突き抜けて、高橋の胸を撃ち抜き零戦は真っ逆さまになって、滑走路横の砂糖キビ畑に墜落炎上した。鬼里が遅れてその機の前に出た。もっと早ければ高橋は離脱でき命は救えた。鬼里は後方からの連射に腰を捻ってかわしている。歴戦の勇士は戦い方に風格がある。後ろに付いた敵機をひきつけ、斜め宙返りから捻り込んで、今度は鬼里が後方に付き射線に捉えて連射した。高橋を撃墜した敵機は、火だるまとなり砂糖キビ畑に墜落し炎上した。

鬼里は少年飛行兵二機と、高橋と清水の列機四人の命を守り切れなかった。少年飛行兵が練習生だった頃、彼らは鬼里に精神注入棒で何度もたたきのめされている。今日の戦闘では鬼里は自身への精神注入が特に悪く、四機が初陣の空に散り未帰還となってしまった。鬼里はこの連帯責任を自身の体当たりで償った。

台南駅舎上空では、零戦が敵機に挟み撃ちにされ、右翼の先を撃ちぬかれ大きく回転しながら落ち始めた。その先は台南銀座と呼ばれる繁華街方向であり、そこには生徒が集まりだした末廣国民学校もある。この付近に墜落したら、多くの子供たちと住民が犠牲になる。

この零戦飛行兵は、台南航空隊杉浦茂峰飛曹長だった。操縦桿には京子人形が結んである。茂峰は滑走路上空の敵機を確認した。敵機は茂峰を誘うかのように、ゆっくりと台南駅方面に向かって飛んでいる。岡村と十六歳の少年飛行兵を撃墜した奴は許せない。憎い、何としても撃ち落としてやる。

台南駅上空まで追ってくると、上空から別の一機が急降下して奇襲攻撃された。

「しまった、罠にはめられた!」

米軍機は誘い出す機と、待ち伏せをする機と、二対一体で罠を仕掛ける作戦だった。茂峰は右翼に描かれている、日の丸部分の先を撃ち抜かれ、翼に大きな穴が空き操縦困難となった。首から下げた航空時計は八時を過ぎている。台南駅上空でまだ高度も十分にある。今なら脱出し落下傘降下ができる。手を伸ばして天蓋を開き、機体を反転させて頭が地上を向いたら、そのまま体を押し出せば落下傘が開く。そして、数分後には駅前広場に降り立ち生還できる。戦闘機乗りは、たとえ撃墜されても落下傘脱出して生き残り、次の戦闘に挑戦して一機でも多くたたき落すのが飛行兵の務めであり、予科練よりそう教育されてきた。

しかし、無人となったこの零戦は間違いなく、そのまま末廣国民学校付近に墜落する。そこには、校庭で富士山を大声で合唱していた、熱と光から生まれたような、元気いっぱいの子供達が大勢いる。木曜日は林百貨店の定休日で京子も家にいるはずだ。台湾は日本の国土であり、そこに住む人々は日本国民である。大和魂の極意は、〈弱きを助け強きを挫き、国を守る〉弱い女と子供は絶対に守らなくてはならない。守るのが台湾人でも日本人でも差別も区別もしない。この精神は高潔な魂を誇る、日本の武士道なのだ。

茂峰の国を守る使命感が、操縦桿をひき機首を上げた。機体は徐々に上昇しだし一応は安定した。茂峰は「ふっ」と息を吐いて安心した。右翼の損傷により右旋回をし始めた。茂峰を滑走路上空から台南駅上空に誘い込み、罠にはめた敵機が後方に回り込み撃ってきた。岡村や少年飛行兵を撃ち落とした憎い敵機だ。旋回して回避するが被弾して穴だらけの零戦は思うように飛んでくれない。悔しい。

「後尾に付かれた、もう逃げきれない」

茂峰の上空には、チームを組んでいる相方敵機が、一撃を浴びせようと様子を見ている。

零戦の機体性能なら、ここは後方の敵機を回避しながら誘い込み、回り込んで敵機後方から反撃するのだが、この穴だらけの零戦はただ飛んでいるだけだ。敵機の一方的な攻撃を許している。それでも茂峰は両翼を上下にゆらして着弾を必死でかわしている。

F6Fは機銃六門で二千四百発の携行量がある。それに比べると、この零戦三二型は左右翼に機関砲二十ミリ弾が百発、先端の機銃は七百発が二門と少ない。敵機は豊富な弾丸携行量で、惜しみなく連続して撃ってくる。火線の雨が止まずに降り注ぐ。茂峰は機体に十数発被弾しているが、致命弾はまだ避けている。もうこの零戦は上にも下にも回避できない、旋回したくてもできない。ずっと後方敵機の射線に捉えられている。

ついに弾丸は零戦の尾翼を撃ち抜き、弾速は弱まったが茂峰の左肩を貫通して、操縦席直前の風防ガラスを突き破った。血が飛び散り操縦席の中は鮮血で赤く染まっている。必死で機体を水平に立て直した。天蓋は撃ち抜かれて開かない。もう脱出のチャンスは完全にない。あとは可能な限り市街地から遠ざけて零戦を誘導するだけだ。敵機からの連射は止まっている。さらに機首を上げて必死に頑張った。だが高度はゆっくりと下がり始める。

薄い雲が機体を舐めて後ろに流れる。ひりひりと焼けるような痛みと寒さを感じ出した。零戦は末廣国民学校上空を通過する。とにかくここに堕ちるのだけは回避できた。校舎の窓から上空を見上げる子供達が小さく見える。

「よかった。あの子供たちの未来は守れた」

一緒に唱歌、富士山を歌った。できたらもう一度一緒に歌いたかった。京子の家も見えてきた。玄関には京子らしい女性がこちらを見上げている。あれはきっと京子だ。

「やはり京子だ、京子さんがこの零戦を見ている……」

白いブラウスに白いスカートで立っている。十二日前にはこの戦争が終わったら水戸に一緒に行くと、指切りをして約束をした。それまで京子は待っていると言った。でもこの戦争はそれまで待ってはくれなかった。

「京子さんゴメン、一緒に水戸へ行けなくなった」

眼が霞んでいる。きっと涙のせいだ。

「京子さん、さようなら……」

涙が風に飛ばされる。京子が見えなくなった。台南の街並みが次々と後方に流れていく。

敵機はまだ後方にいる。機尾三十メートルにピタリとついている。厄介な奴だ。岡村と少年飛行兵を撃ち落とした奴だ。憎いがもう回避も反撃もできない。ここで機銃弾を浴びて爆発炎上しても、地上には民家はもうない。死ぬのは茂峰ただ一人だ。

後方の敵機はなぜか撃ってこない。何を考えている。このまま空中爆発をするのを見たいのか。

「もういい、早く撃て！」

まだ後方にピタリと付いている。

「台南駅上空からここまで追ってきて、何を考えているのだ。岡村や少年飛行兵を撃った同じ銃口で撃て」

上空敵機・「エリック少尉、なぜ撃ち落とさないのだ。君が撃墜しないなら上空から一撃離脱するぞ、邪魔だ、そこを離れろ！」

後方敵機・「待て！　奴はサムライだ。腹を斬らせてやりたい」

なぜか、ずっと上空を押さえていた、相方一機が大きく旋回して去って行った。

ダッダッダッダッダッダッ！　やっと後方から撃ってきた。

曳光弾が赤く太い線を引いて前方に流れ落ちていく。だが、弾は機体のどこにも当たっていない。

一発も命中しない。そして、その後方敵機は左旋回から急上昇し銀色に輝きながら視界から消えた。

「なぜ、撃ち落とさなかったのか？」

落下傘降下での生還を犠牲にし、市街地での墜落を避け郊外の畑まで飛んで来た。

その間ここまでずっとこの敵機は後方についていた。

もうその敵機はどこにもいない。

痛みはいくらか治まり地上の暖かい空気を感じ始めた。徐々に高度は下がっている。

撃ち抜かれた風防から、低い音を立て風が吹き込む、右手で飛行服の胸から姉の写真を出した。

「姉さん、また心配をかけてしまった……」と言い空を見上げた。

「京子さん……」と呼んでみた。

一気に風が操縦席に吹き込み、風防ガラスが飛び散り、そこから写真は吹き出され、ひらひらと舞いながら青空に消えた。零戦はゆっくりと郊外の畑に向かって降下を続けている。水を貯えた幾つもの、小さな養殖池が鏡のように反射し白く輝いている。

被弾した穴から朝陽が差し込み、光の線が操縦桿に結んだ京子人形を照らす。

茂峰は京子人形を握り、胸に抱いた。

「京子さん…… 京子…… 好きだ、結婚しよう！」

京子の眼を見て直接告げたかった。悔しい。

もう声も出ない。意識が薄くなってくる。風の音が京子の声に聞こえる。

〈京子…… 待っている〉


前方から戦闘機が向かって来る。

「敵機か？」

左手で機銃発射レバーを握っているが、もう握った手には力が入らない。すごい速度で迫ってくる。

「戦闘機主翼の前縁に黄色い味方識別帯が見える。敵機ではない……　あれは、零戦三二型だ！」

朝陽に反射して機体がキラキラと光っている。零戦はこんなに美しかったのか。茂峰の下に入ると反転して左横に並んだ。

顔が見える。

「高だ！」

青木が操縦していた零戦を、高が操縦している。零戦の天蓋を開けそこから右腕を出して、大きく口を開いて何か叫んでいる。

「高、なぜ、飛んできた！」

高がギリギリまで接近してきた。顔が大きく見える。鋭い目をして精一杯の大声で怒鳴っている。

「高……死ぬな！　絶対死ぬな、命令だ！　生きろ……」

もう声が出ない。右手を伸ばして座席側面に置いてある、連絡用の黒板を引きずり出すと、そこにゆっくりと力強く書いた。チョークが途中から折れて飛んだ。その黒板を高に向けて見せた。

『生きろ』

高は操縦席から上半身を乗り出して、茂峰が書いた文字を読むと、口を大きく開けて叫んだ。

「小隊長！」

高は首に巻いていた千人針の布を右手に持ち振っている。風に流されてバタバタと音がする。

眼を大きく開いても、高の顔がハッキリと見えなくなった。機体と機体の間隔を詰めてきた。両機の翼が擦れ合い、ガリガリと金属音がする。高は体を伸ばして、茂峰の操縦席を覗き込んでいる。そして指を口にくわえて力強く指笛を吹き続けている。茂峰の消えようとしている意識を、指笛で必死に起こそうとしている。だんだんと音が低くなっていく。計器板の下から異臭が漂い火の手が上った。

茂峰は人形を握りしめ、京子の顔をじっと見つめる。それから、ゆっくりと京子を顔に近づけ唇にそっとあてた。

「……」

炎は顔の近くに迫ってくる。

そして、零戦は黒煙を長く後方に引きながら、市街地はずれの畑に墜落し炎上した。

高の零戦が墜落地点を低空で何度も旋回している。

炎上する零戦の煙と、その周りを旋回する零戦は、朝の陽差しに照らされシルエットとなり、やがて澄んだ空に吸い込まれて消えた。

台南駅舎二階からこの様子を見ていた人々は、勇敢な飛行兵の戦死に手を合わせた。死の直前まで自らを犠牲にし、落下傘で脱出のチャンスがあったのに、必死で操縦桿を操作し市街地への墜落を避けた。崇高な自己犠牲の精神を称えた名誉の戦死であった。

この台南沖空中戦で零戦隊は敵機十機と、金城少尉の地上砲火で一機を撃墜したが、台南高雄航空隊十七機が未帰還となった。台南空からの未帰還機の中には、十六歳から二十歳までの少年飛行兵が六人いた。茂峰は二十一歳まであと一か月という若さでの戦死だった。

十月十二日から十六日にかけての台湾沖航空戦では、日本側が失った戦闘機数は三百機以上。沈没した米軍艦艇は一隻の記録もなかった。

この日は台南市街地での空中戦とは別の米機動部隊が、塩水港製糖新営工場を爆撃し、新営駅では数人の死者が出た。その中には京子の弟、和田亮二がいた。亮二は、軍需生産性のない製糖工場への爆撃はないといった。亮二の内地勤務の夢もこれで裂かれてしまった。

この新営爆撃が台湾で初めて米軍機の空襲を受けた地となった。台南ではその後も大規模な無差別爆撃が続き、民間人にも大勢の犠牲者を出すことになる。

翌日、海尾村《かいおむら》の畑に墜落した零戦飛行兵は、その軍靴に書かれた名前から日本海軍台南航空隊、杉浦茂峰飛曹長であることが確認できた。

高平山は翌年三月、結成された神風特攻隊新高隊員に志願し、沖縄沖の敵空母に五百キロ爆弾を抱いて突入することになる。

第14章

涙、姉からの手紙

一九四四年十二月、年末の林百貨店は正月準備で忙しい。台湾には正月が二回巡ってくる。新暦の元旦と旧暦の春節だ。今は新暦の正月準備で日本人客が多い。

林百貨店の入口には、左右に国旗と門松が立てられ、一階売り場は正月用品に置き換えられて、羽子板や凧に鏡餅等の正月食材や玩具等が、内地から持ち込まれ販売されている。

二回目の正月は、台湾人の活気が最も盛り上がる農歴の春節である。新暦の正月が終わるとすぐ入口の門松が取り外され、代わってそこには赤い春聯が、左右と入口の上とで三枚貼られる。一階の正月用品は新年の飾りで賑やかとなり、赤や金色の縁起物に置き換えられる。林百貨店ではこの二回の正月に増益増収を期待する。

この日も朝から年越しの用意をする、日本人の買い物客で各階は賑わっていた。

日本語が堪能な京子は、エレベーターガールと、日本人客の店内案内係も兼ねて、昼食も満足に取れないほど忙しかった。そんな慌ただしい中、林百貨店に一通の手紙が水戸から届いた。

李は夕方の休憩時間に京子を応接室に呼んだ。妻の歌子に電話を入れ、事情を伝えて同席を頼んだ。

二人が応接室に入ると、間もなくして階段を駆け上る音がし、ドアをたたいて京子が入ってきた。

息遣いが荒い。今日は特に来店客が多く結構疲れているようだ。

「あれっ、歌子先生もここに、ご夫婦おそろいでどうされました？」

どんなに疲れていても、エレベーターガールは笑顔を絶やさない。

李と歌子は意味もなく顔を見合わす。

「今日、水戸から林百貨店にお手紙が届いたの」

歌子の笑顔が少し強張っている。

京子は歌子の不自然な表情に、空気の冷たさを感じ始めた。

李が上着の内ポケットから手紙を出しながら告げる。

「最近は近海汽船の定期船も、敵潜水艦の雷撃で沈没している。こうやって内地から郵便が届くのも何かの縁だろう」
李は手紙を両手に持ち京子に差し出す。
両手で手紙を受け取る京子の指先が、小刻みに震えている。
「ここに座って読みなさい」
李の声が少し上ずっている。
李の顔を見て小さくうなずくと、ソファーにゆっくりと座った。
京子の体が微かに震えている。
手紙を両手でテーブルの上に置き、それから帽子を取ると手紙の横に置いた。
京子はテーブルに置いた手紙を呆然と見ている。緊迫した空気が応接室に満ちている。

林百貨店　エレベーターガール　和田京子　様

水戸市五軒町　杉浦恭子

茂峰が戦死してもう二か月半経っている。水戸の姉からの手紙は茂峰の戦死を知った後か、まだ知る前なのか、京子は手紙を見つめて戸惑い混乱している。

李は机からハサミを出して渡す。

京子はハサミを手に取るが、全身が固く緊張してなかなか封が切れない。

やっと、封から手紙を出し膝の上に静かに置く。

折りたたんである手紙をじっと見つめたまま開こうとはしない。

次第に心臓の鼓動が激しくなり、その音が二人に聞こえそうだ。

歌子がそっと京子の横に寄り添い、肩を優しく撫でる。

「落ち着いてね、京子さん、落ち着くのよ」

京子は歌子に向いて小さくうなずくと、それから手紙をゆっくりと開き、心の中で読み始めた。


拝啓　京子さんのお手紙を毎日楽しく読んでいます。

お手紙に挟んであった、鮮やかな赤紫色の押し花、とても奇麗ですね。

お花を包んであった、白い紙に鉛筆で、九重葛と書いてありますが、この花の名前ですね。

きっと、この文字は京子さんが書いたのですね。

水戸には咲いていない、台南の色ですね。

押し花から、台南の熱と光を感じます。

京子さんは歌がお上手なようで、茂峰の手紙には、一緒に楽しく歌ったと書いてあります。

一緒に水戸へ行こうと、指切りをして、お約束をされたようですね。

台湾で、とても素敵な女性に巡り合えて、これでやっと安心できました。弟をお願いします。

今度のお正月に水戸でお会い出来るのを、楽しみに待っています。

どうぞお元気で、エレベーターガールのお仕事を頑張ってください。敬具
昭和十九年十月二十二日
水戸の姉、恭子より。


京子は手紙を読み終えた。

差出日は茂峰の戦死から十日後、内地の姉にはまだ戦死の知らせが届いていなかった。

京子は両手で手紙を開いたまま、じっと黙って見つめている。

手紙を見つめながら懸命に心の整理を始めている。深い悲しみを受け止め、一生懸命に心の中で悲しみと格闘している。

呼吸が重くなり息苦しさを覚え、体が硬直し出して顔が歪み、声を押さえて泣きだした。

大きな涙が頬から唇に伝わり、そこから点々と音を立てて、開いた手紙に落ちる。鮮やかな九重葛色の口紅を溶かし、涙が赤紫色の点に染まる。

京子は眼に滲《にじ》んだ涙をぬぐおうとはしない。

歌子が顔を近づけて、ハンカチでそっと涙をぬぐってあげる。

とうとう京子は歌子の胸に顔をうずめて、我慢できずに声を張り上げ「わあー」と、泣いた。さらに抱き着き激しく泣き立てた。

歌子がそっと抱き寄せる。眼から涙が溢れている。

張りつめた空気が、応接室の三人に重くのしかかった。

京子は茂峰を亡くし、その日に塩水港製糖新営工場の爆撃で弟の学亮も亡くした。

それから二か月半が経ち、その悲しみ苦しみを懸命に忘れようと頑張っていたときに、姉から届いた一通の手紙だった。

水戸のお姉さんにすぐ返事を出したいが、茂峰はもうこの世にはいない。もう手紙を書くことはできない。

歌子の胸から顔を離すとゆっくり立ち上がり、応接室の窓に向かって歩き始めた。

「窓を開けるわ、夕空が見たいの……」

窓をゆっくりと開ける。茂峰と屋上の鳥居前で肩を並べて見上げた空と同じく、空一面が赤く染まりだした。あの時の方が奇麗な空に見えた。台南の暖かい風が優しく舞い込み京子の髪をそっとゆらす。

それから二人に向き直った。僅《わず》かな静寂《せいじゃく》が応接室を包む。京子は落ち着いた口調で喋り始めた。

「私……　私ね、日本人と結婚して内地に行きたかったの……　そうしたら、もう台湾には戻らないつもりだった。

ここのお客様には日本人が多いし、商品のほとんどは内地から送られて来たものばかり……　日本が好きになった。

日本人と結婚すれば内地で暮らせる。ずっと憧れだった。

そんなときに、茂峰さんと一階のエレベーター前で出会ったわ。茂峰さん、真っ白な制服で格好良く、男らしくて、優しいの。いつのまにか恋を感じている自分に気付いたわ。

とても大切な人。そう思うと愛おしさを抑えきれなくなったの。

だから一生懸命、お守り人形を作って、

私……私、人形を渡したのに死んじゃった……

死なないでねって、泣いてお願いしたのよ……

私を置いて行かないでねって……」

京子の眼からは小さな涙が流れている。大きく一息つき気を取り直して語った。

「茂峰さんと、五階のレストランで水戸に行く約束をしたわ」

少し間を空けて。

「私を内地に連れてってくれるの。夢が叶う。嬉しかった」

少し微笑みながら二人を見つめた。

「結婚するわ！　今度のお正月に、水戸へ連れてってくれるの」

京子は二人に左手をサッと伸ばした。薬指にはめた指輪がまぶしく光っている。そして、大きく息を吸い込む。

「水戸のお姉さんに見せたかった。これを見せて安心させたかった。でも、茂峰さんは、私が渡した人形と一緒に……空へ消えたわ」

京子は二人に背を向け、窓から身を乗り出すようにして空を見上げた。

上空には零戦ほどの小さな雲が、夕陽に赤く染まりゆっくりと流れていく。

「零戦だわ……あそこに……私も連れてって」

京子はさらに身を乗り出し、その雲に小さく手を振った。

窓から飛び降りるのではと感じ、狼狽《ろうばい》した二人はサッと立ち上がり、両手で京子の体にしがみついた。

「京子さん、ダメよ、変なこと考えちゃ！」

京子は歌子に振り向いた。ゆっくり歩きながら独り言のようにつぶやく。

「茂峰さん、私の人形に恋したまま、その人形だけ連れてったの、私を置いて……ただ、それだけ……」

京子の瞼に残っていた大きな涙が一滴、床にポタリと音を立てて落ちた。

そして、ゆっくりと顔を上げた。二人を見つめてじっと沈黙する。今、京子は懸命に気持ちを整えている。しだいに表情を引き締めた。

それから両腕を腰に当て大きく息を吸い込んだ。


「京子なら、心配ご無用、大丈夫です！」


京子は表情を一変させ、眼を輝かせて二人に告げた。

制服のポケットから手鏡を取り出し、帽子をかぶって鏡に映している。

ニッコリ笑って、エレベーターガールの笑顔を取り戻している。

その様子を、李と歌子はただ呆然と眺めている。なぜ急に笑顔になれるのか、理解できずに唖然としている。

京子は二人に向くと話し始める。

「この戦争で大切な茂峰さんも、笑顔がかわいい少年飛行兵も、親切だった金城少尉さんも、大好きだった弟も、いっぺんに死んじゃった。私の前から一瞬で消えたわ」

また、ゆっくりと歩き出すと窓に向かい、大きく息を吸い込んだ。

「とても悲しかった。神様は私も一緒に消してくれればよかったのに……」

歌子が言葉を挟もうと一歩前に出ると、京子は大きく口を開いた。

「戦死の四日前に少年飛行兵のみなさんを招待したわ。エレベーターに初めて乗って緊張したみんなの顔が、たまらなく可愛かった」

そこでは茂峰と吹き出しそうな笑いを、必死で堪えた思い出がある。

「みんなの買い物にも付き合って楽しかった。今でもその時の一人一人の顔が目に浮かぶわ。高橋さんがお姉さんに買ってあげた革靴も、清水さんがお母さんに買ったバッグも、みんながお母さんに買った口紅も、このお正月に帰省してお土産にするつもりだったわ。お母さんや、お姉さんの喜ぶ顔が見たかったのに……」

うつむいた顔を上げると。

「みんな、内地の家族には手紙で知らせてあるわ。家族も楽しみに待っていたと思う」

それから思いついたように言う。

「多分、お土産はまだ台南空の兵舎に置いてある。この戦争が終わったら私が内地に行って届けてあげたい」

李と歌子は眼に小さな涙を溜めて、京子の話を静かに聞いている。

「勝つしかないの！　悲しみとの闘いに。まだ十六歳や十七歳で死んでいった人の分も頑張るの。そう思うと新鮮な生きる力が湧いてきたわ」

十月十二日から今まで、京子の心は深い悲しみで溢れていた。その悲しみのひとつひとつ包み込んで、今やっと生きる力に入れ替えた。

開いた窓からサッと心地よい風が吹き込む。京子はその風に両手をかざして受け止めると、二人に振り向いて優しい微笑を浮かべた。

それから姿勢を正すと、台南空少年飛行兵式に直立不動となった。

胸を張り、背筋を伸ばし、力強く二人にサッと敬礼をし、しっかりと口を開いた。

「林百貨店、エレベーターガール和田京子、休憩時間終了、只今より勤務に戻ります。終わり！」

少年飛行兵と同じく活気のある声が、一気に重い空気をぬぐい去った。

そして、サッと敬礼を済ませると、テーブルに置いた手紙を制服の胸ポケットに入れ、そのまま急ぐように応接室を出た。

ドアは開かれ、階段を駆け下りる足音が響く。

窓からはいつもと同じ夕陽が差し込んでいる。李と歌子はその窓から夕空を見上げる。

京子がこれまで深い悲しみと一人で戦い抜いて、やっと立ち直った姿に触れ、二人は顔を見合わせて安堵感に微笑んだ。

……それから、歌子は窓をそっと閉めた。

丁度、屋上では末廣社の鳥居で咲き誇る鮮やかな赤紫色の九重葛が、台南の空一面を映す赤い夕陽と溶け合い、まるで台南市内を赤紫色の花で包むかのような、美しい錯覚を映していた。上空の風が小さな零戦雲を優しく運んでいた。

第15章 飛虎将軍廟

一九四四年十月十二日に発生した台南沖航空戦で、米軍機よりの機銃連射で被弾した零戦は人家への墜落を避け、当時は畑であった所まで必死に零戦を誘導し、自己犠牲により多くの住民を救った。当時この村に住む十二歳の少女だった目撃者の話では、墜落と同時に体は零戦から投げ出され、その遺体は仰向けで顔は真っ直ぐ天を向き、力強く両手両足を大地に広げた大文字であったという。その姿は、〈死してもなお民を守る〉。強い意志を貫く神のように見えた。

戦後数年たったころ、零戦が墜落した海尾村《かいおむら》では、夜な夜な白い帽子に白い服を着た、亡霊が歩き回る姿が目撃された。そこに人が近づくとサッと姿を消すという、世にも不思議な現象が頻発した。ここの村民が海尾朝皇宮の保生《ほせい》大帝に伺いを立てたところ、この亡霊は空中戦で撃墜され戦死した、杉浦茂峰という日本人飛行兵で、この地での永眠を願っていると答えた。一九七一年、零戦が墜落した地点に四、五坪の小さな祠を建て祀ると、畑は豊作となり魚の養殖も順調で、商売も繁盛し治らなかった病気も完治した。これが評判を呼び一層の尊崇を集め参拝者が絶えなくなった。

一九九三年、海尾朝皇宮管理委員会の提案で祠を再建することを決め、敷地五十坪のきらびやかな飛虎将軍廟が完成した。廟の床と柱は大理石と豪華なもので、その柱には金文字で「正義」「護国」「英雄」「忠義」「大儀」と、飛虎将軍に対する崇敬と祭神を讃えた漢詩が刻まれた。正殿に鎮座する杉浦茂峰のご神像は軍服を着て軍刀を持ち、両側に分身二体が奉安されている。廟守は朝夕二回、タバコを三本点火してご神像に捧げ、朝は日本国歌「君が代」を、夕方には「海ゆかば」が祝詞奏上《のりとそうじょう》されている。供卓の両側には中華民国旗と日本国旗が立てられ、これらは全て信者からの奉献で再建され運営されている。年々多くの参拝者で賑わい、日本人のみならず諸外国からの参拝者も増加傾向にある。二〇一五年には、中村文昭氏ら六十人の日本人が訪問して、日本式の神輿を奉納し飛虎将軍廟の例祭で公開されている。

二〇一六年、海尾朝皇宮廟管理委員会の呉進池《ごしんち》氏らが中心となり、台湾の熱心な信徒二十六人とともに、飛虎将軍となった杉浦茂峰のご神像を、旅客機客席に搭乗して故郷の水戸市に里帰りをした。九月二十一日、茨城県護国神社にて、多数の参列者の下で慰霊儀式が行われた。さらに訪問団はご神像を神輿に乗せて、生家跡地や卒業した三の丸小学校、五軒小学校などを訪れ市街地の中心を巡行している。水戸での行事が終わりその後、一行は常磐線特急列車にご神像を乗せて東京に向かうが、土浦駅を過ぎたあたりで突然緊急停車をした。この近くには飛虎将軍杉浦茂峰が十四歳で入隊した予科練がある。懐かしい空をゆっくりと見たかったのだろうと、一行は空を見上げてそう思った。

伊藤芽依は学生寮の部屋でスマホをじっと見つめている。今回の台南旅行で撮影し保存した写真が一千枚はありそうだ。茂峰の痕跡巡りでは、台南飛行場、林百貨店、台南駅、末廣国民学校、台南法院、台南警察署、台南州庁、台湾第二歩兵連隊、台南高等工業学校、台南武徳殿、台南一中、水交社、新営駅、塩水八角楼と短期間で広範囲を巡った。それらの場所には、当時の建物がほぼそのままの状態で残っている。台北の樺山国民学校、太平国民学校、龍山国民学校、江山楼、第一劇場は、ネット検索をして現在の写真を観た。それらからは時空を超えて、杉浦茂峰に触れることができた。赤嵌樓《せきかんろう》、安平古堡《あんへいこほう》の観光名所や、神農街、花園夜市の屋台料理で、良子と楽しく食事をした写真もある。

水戸市五軒町に残る杉浦茂峰の生家跡で、小学生の頃からの親友、中野良子とバッタリ出逢いそこですぐ二人の台南旅行が決まった。台南で杉浦茂峰の痕跡を巡るうち、さらに疑問を深めた。それは、なぜ茂峰は台南にたった半年間いただけで神に祀られ、毎日大勢の参拝者で人影が絶えないかということだった。。台湾の宗教的感覚を滞在中に理解するのは難しいが、今回の旅行中で何か結果を得たかった。芽依が訪れたときには、数人の日本人参拝者がいて、ドイツから来たという観光客もいた。それら海外からの来訪者用に、数か国の言語に翻訳されたパンフレットが設置してあった。

水戸への帰国日、高鐵台南駅までの車中で運転中の郭秋燕より、台湾では他にも神となって祀られている、日本人が何人もいると知らされた。その多くは教師や警官、下士官以下の軍人等で下の地位に属し、地域の人々と日常的に関わっていた日本人達である。芽依がこの台南旅行前に大学の図書館で得た予備知識では、戦前の台湾には二百ほどの日本神社があった。戦後、それら親日的なものは政策によって排除されている。

帰国後、芽依は大学の図書館に行き、宗教的な観点から調べてみた。一九八〇年代後半に入ると台湾ではしだいに民主化が進み、今まで厳しく制約されていた、言論や表現の自由が認められるようになった。それによって、神として崇拝できる日本人神が各地に登場し始めた。そして、それらは地元の人達によって祀られ、地域の守り神となっていった。その中でも飛虎将軍廟は代表的な存在である。

今の台湾には日本神を祀る宗教施設が五十カ所を超えるという調査がある。その中には小さな祠で少数の信者によって守られている神もあるようだ。人間以外でも高雄市の紅毛港保安堂では、日本海軍軍艦が神艦として祀られている。台湾では宗教の多様性により、多くの神々が誕生して地域の民間信仰に結びつき、信者によって守られている。このような信仰風習は日本でも見られるが、建築規模や信仰心で多少異なっている。

飛虎将軍の飛虎とは戦闘機であり、武士の棟梁を将軍という。死して民を救った杉浦茂峰は、魂の高潔さを持った武士の鏡であり、最高位の将軍として祀られているようだ。

台湾で語られている日本精神とは、約束を守り、礼節を重んじ、嘘をつかず、浪費しない品性、法や規則を守り勤勉である。そして、なによりも誇り高く自己犠牲を惜しまない。日本人が元来伝統的に持つ精神である。飛虎将軍廟の石柱に、金文字で刻まれた漢詩からはこれら精神が伝わってくる。

日本海軍飛行兵杉浦茂峰は、このような豪華な廟に祀られ、大勢の信者からの奉納品が壁一面に展示され、供卓には寄進された多くのお供え物が積まれている。香炉からは線香の煙が絶えることはない。地元の安慶国《あんけいこく》小学校では学校劇として演じられ尊敬されていると聞く。ここを訪れた多くの日本人参拝者は、改めて台湾の人々に素直な感謝の気持ちを持つに違いない。

芽依は今回の台南旅行で、飛行兵杉浦茂峰の痕跡に触れたことにより、出発前のなぜ台湾で神になったのか、その疑問が十分ではないが一応は理解できたような感じがした。


芽依は取材ノートを広げている。ページには訪れた建造物の略図や歴史、感想などが細かく記載してある。そのノートの中ほどに一枚の押し花が挟んであった。それは、台南空練習生の葉盛吉が通っていた、台南一中の庭に咲く九重葛《ブーゲンビリア》だった。そこでは、鮮やかな赤紫色の九重葛が、柔らかい夕陽を浴び、さわやかな風にゆれていた。台南では街のいたるところで九重葛を見かけるが、台南一中の庭に咲く九重葛が一番美しかった。林マークが入った林百貨店の紙袋には、訪れた先々で集めた入場券やパンフレットが大量に入っている。

戦後七十五年が過ぎ台湾では世代交代が一段と進み、日本統治時代を知らない台湾人が大多数となった。今でも各地に残る、威風堂々とした日本統治時代の建造物を見て、この時代にそこでは何が起こっていたのか、興味を持ち事実を知ろうとする。それらの歴史を自ら学習することによって、今も保存された歴史的建造物から、当時の日本人と台湾人との様々な物語を知ることができる。

芽依は一月中に提出する、卒業論文のテーマをまだ決めてない。いくつかの候補があり、考えてはいるが絞り込めてはいない。二〇二〇年、日本の正月休暇海外渡航先では、台湾が一番人気となっている。そこでは大勢の日本人観光客が、今も各地に残る日本統治時代の歴史的建造物を目にしただろう。台湾の歴史に触れその時代に想いを馳せ、日本と台湾との関わりに、興味を持つ日本人観光客も増えたはずだ。

保存した台南の写真を整理していて気付いた。大学で専攻する現代歴史学は人間研究学でもある。自分の視点から台湾の日本統治時代に角度を変えて、飛虎将軍となった杉浦茂峰と共に半年間を生き抜いた、少年飛行兵をテーマにした卒業論文を考え始めた。

論文のタイトルは

〈台南航空隊・少年飛行兵の愛情論〉

日本海軍航空隊では、十五歳から二十歳までの飛行兵を少年飛行兵と称していた。年齢的にはまだ少年だが、大人でも真似のできないような、壮絶な死によって若い人生を閉じている。少年飛行兵はスターの写真に淡い恋心を抱く。大切な女性からもらった、小さな人形に強い愛情を感じる。写真も人形もひとつの物体ではあるが、少年達は素直に感情を抱き大切に身に着けている。彼らの愛情感覚は、憧れ、恋、純愛までで、結ばれることはなく、愛は少年と共に空へ飛んで消えていく。それは青春の一頁であり二頁目はもうなかった。

今の芽依と、同世代の飛行兵がたどった時代を現代社会と比較し、日本人と台湾人の異なったアイデンティティによる、愛情の移行過程に注目し、その境界線を〈純愛〉

に定め論文とした。そこには純粋な少年達の新鮮な熱気や活気を、戦争の悲惨さとは別に、素直な少年像として感じることができる。

〈ここは熱帯、熱と光の台南。この時代の台南には、今は感じることができない爽快感があった〉

飛虎将軍廟の入口に置かれている小さな鉢には、七十五年前の末廣社に咲いていた九重葛と同じ、鮮やかな赤紫色の小さな花が隙間なく咲いている。この日も、日本人訪問客に台湾で神となった零戦飛行兵の案内をする、ボランティアガイド郭秋燕の声が聞こえていた。

末廣国民学校は、進学国民小学と名を変え同場所に現存する。校庭には大きな傘を開いた大木が今も茂っている。そこからは歌子先生のオルガン伴奏で、元気な児童の歌声が聞こえてきそうだった。

台南駅は日本統治時代の姿のまま今も活用され、駅前広場には数本の大王ヤシが高く伸びていた。台南警察署の中庭には、さらに成長して威厳を増した榕樹《ガジュマル》の大木が見える。台南武徳殿では小学生達が、元気な気合を発して剣道に励んでいた。

台湾歩兵第二連隊兵舎は、国立成功大学の校舎となっている。そこの教室で学ぶ生徒達は、飛行服姿の岡村や青木、高、高橋、清水の姿と重なり、鬼里の座学を熱心に聞いているように映った。教室横の長い廊下を、腰に吊った軍刀の金具が音を立て、金城少尉と部下達が胸を張って歩いている。

台南高等工業学校校長室には、京都修学旅行のアルバムが展示してある。記念写真に写る笑顔の学生は和田亮二のように見え、引率の教師は兄の義夫に映った。

塩水八角楼の一階壁面には、葉盛吉が飛行帽をかぶり、腕を組んで立つ凛々しい写真が展示されている。そこには、台南空練習生時代と解説されていた。

林百貨店は当時の姿をそのままに残し、リニューアルされて台南のランドマークとして生まれ変わっている。エレベーターは当時の位置で今も堂々と稼働していた。エレベーターの上部壁面に取り付けてある、半円型の時計針式フロアインジケーターが一階を示した。扉が開くと突然、制服に帽子を右下がりにかぶった、エレベーターガールが出現し、ニッコリと微笑み、流暢な日本語で語りかけた。

「いらっしゃいませ、　エレベーターガールの和田京子です」

ある一七歳の台湾人特攻隊員遺書

花蓮港《かれんこう》が眺望できる最高の場所に建つ松園《まつぞの》別館は、日本軍施設として建てられています。戦局が厳しくなってくると、翌日には敵艦に突っ込む神風特攻隊員の接待宿泊所として利用されました。ここの一階資料室には台湾人の神風特攻隊員遺書が展示されています。ここを訪れ、この遺書に目を触れた多くの人々は、きっと涙を流すでしょう。

お母さん。
私は今、花蓮港北飛行場にいます。
後二時間で神風特攻隊新高隊員として、沖縄の海に散ります。
昨日の昼に霧社上空から、お母さんにお別れのご挨拶をしました。
私の零戦を見てくださいましたか。
お母さんから頂いた人形は、同期の岡村が天国へ一緒に連れていきました。

今日は、お母さんの人形がないけれど、怖くはないです。

寂しくもないです。

でも、今、夕焼け空を見ていたら、少し悲しくなりました。

私が戦死した知らせが届いたら、お父さんは強いから泣かないと思いますが、お母さんは、台南空の食堂で泣いたように、たくさん涙を流すでしょう。

妹も、兄が死んだと聞くと、きっと寂しがるでしょう。

お母さん。

私が特攻で戦死したからと聞いても、泣かないでください。

でも。お母さんは泣いてしまうだろうな。

私が大好きだから。

今日は、お母さんの人形はないけれど、私は敵艦に突っ込むのは、全然怖くありません。

本当ですよ、お母さん。

私が一番怖いのは、お母さんの、涙です。

だからお母さん。

私が戦死したからと聞いても、涙は絶対、流さないでください。
では、ゆきます。

作者紹介

長野市出身、日本大学芸術学部卒
映画とテレビ番組の制作に関わり、一九九三年より台湾のテレビ局へ日本のテレビ番組販売を開始する。二〇〇三年より台湾のテレビドラマを日本に販売し、台湾ドラマの流行を担う。二〇〇五年より趣味としての抜刀道と居合道を台湾で指導する。
抜刀道範士八段、居合道錬士六段。
著書・二〇二四年三月、台湾前衛出版社より「展翅」発売。本書はその原作です。

参考資料

『空の彼方』渡辺博史
『靖國第七巻　飛虎将軍廟』名越二荒之助
『偕行　平成三十年八月号　台湾にある飛虎将軍廟』榎本眞己
『台湾終戦秘史』富沢繁
『台湾　近い昔の旅　台北編』又吉盛清
『台湾紀行　街道をゆく四十』司馬遼太郎
『少年飛行兵よもやま物』頼泰安
『台湾と日本・交流秘話』監修：許國雄／編：名越二荒之助・草開省三
『台湾で日本人を祀る』三尾裕子
『水戸市ホームページ「飛虎将軍」故杉浦茂峰氏について』二〇二二年六月
『なるほど・ザ・台湾』二〇一四年　三二八号
『ハヤシ百貨店』陳秀琍・姚嵐齢

後　記

私は台湾で二〇〇五年より趣味の一環として、抜刀道という日本刀を用いて物体を斬る武道を指導しています。二〇一三年の八月でしたが、台南の生徒さんに案内され初めて飛虎将軍廟を訪れました。

床と柱は大理石で威風堂々とした豪華な台湾式の廟ですが、そこにはなぜか日本国旗が立てられていました。説明ではここのご神像は戦時中の零戦飛行兵で、自己犠牲により多くの住民を救い、台湾で神となった飛虎将軍杉浦茂峰だと知りました。廟の供卓には信者からのお供え物が積み重なるように並び、壁一面には様々な奉納品が飾られていました。このように日本人飛行兵を地域の守り神として崇《あが》め、手厚く祀る台湾の人々に対し、感謝の気持ちで胸が熱くなりました。これが縁で生徒さんたちと廟前で、尊敬の念を抱き抜刀道の奉納演武を毎年重ねています。

二〇一八年頃ですが、台北で仕事を通じて台湾映画監督の楊一峯（日本名・三木克彦）氏と知り合い、飛虎将軍の映画化について相談をしてみました。当時の日本海軍航空隊や零戦、日本式教育制度、日本精神などは台湾では不明な点が多く、私があらすじを考えて方向性を探ることで、少しずつ書き始めました。

史実では台南上空で米軍機と空戦中に被弾し、落下傘で脱出すれば助かる命だったが、そうすると操縦不能となった機体は眼下に見える村落に墜落し、そこでは多くの犠牲者が出る。そう思った杉浦飛行兵は零戦の機首を上げ、離れた海尾村の畑まで誘導し墜落炎上し戦死した。この部分だけですと物語としては資料不足となります。そこで、当時流行の最先端を行く林百貨店を舞台に入れて、史実である零戦の墜落炎上までの前後を、フィクション化し加えて物語は完成しました。

実はここに登場している、台南航空隊三羽烏の西澤廣義と分隊長小林善晴は、私の父方の遠縁になります。零戦が低空から小学校校庭に鉛筆を落とし、急上昇して見事な宙返りを見せた話は父から聞きました。そんな関係もありこの作品に込めた想いは感慨深いものがあります。

この物語では戦時下の台南で、各章ごとに異なった愛を表現し、最後に自己犠牲により、高潔な魂を示した『人類愛』をテーマとしています。台湾で神となった零戦飛行兵杉浦茂峰の声が、展翅《てんし》のごとく空へ飛び、台湾の人々に届くことを願っています。

最後に、飛虎将軍杉浦茂峰誕生百年記念出版に、多くのアドバイスをいただいた楊一峯氏、あらすじだけを聞いて出版を約束してくれた、前衛出版社の林君亭氏。各方面にご尽力をいただだいた飛虎将軍廟の皆様。また日本では飛虎将軍杉浦茂峰の故郷である、水戸市での大勢の関係各位の皆様に厚く感謝いたします。そして、何よりも応援をしてくれた、私の大切な生徒の皆様に、心より深く感謝と敬意を表します。

少年よ　翼を広げて空へ飛べ　愛を求めて飛んでいけ。

君と共に空へ飛ぶ

2024年11月12日　初版第1刷発行
2025年 1月17日　初版第2刷発行

［著者］
菅野 茂

［企画・編集］
丸山剛史

［カバーイラスト］
ryuku

［装丁・本文デザイン］
加藤寛之

［発行者］
揖斐 憲

［発売］
株式会社サイゾー
〒150-0044
東京都渋谷区円山町20-1 新大宗道玄坂上ビル8F
電話03-5784-0790（代表）

［印刷・製本］
株式会社シナノパブリッシングプレス

ISBN978-4-86625-185-1